名家名作阅读课程化书系

快乐读书吧

中国民间故事

主编　孙侃　李建树

编委　金志强　金旸　杨军
　　　张小洁　郭海平　韩雪

ZHONGGUO MINJIAN GUSHI

四川教育出版社

图书在版编目(CIP)数据

中国民间故事/孙侃,李建树主编.—成都:四川教育出版社,2019.7
ISBN 978-7-5408-7140-6

Ⅰ.①中… Ⅱ.①孙… ②李… Ⅲ.①民间故事-作品集-中国 Ⅳ.①I277.3

中国版本图书馆CIP数据核字(2019)第140608号

中国民间故事

孙 侃 李建树◎主编

出 品 人	雷 华
图书策划	刘光钦 任 舸
责任编辑	张小娟
封面设计	许 涵
版式设计	许 涵
责任印制	田东洋
出版发行	四川教育出版社
	地 址 成都市黄荆路13号
	邮政编码 610225
	网 址 www.chuanjiaoshe.com
印 刷	合肥市广源印务有限公司
制 作	四川胜翔数码印务设计有限公司
版 次	2021年6月第1版
印 次	2021年6月第2次印刷
开 本	880mm×1230mm 1/32
印 张	7
书 号	ISBN 978-7-5408-7140-6
定 价	26.80元

如发现印装质量问题,请与本社联系调换.电话:(028)86259381
营销电话:(028)86259605 邮购电话:(028)86259605 编辑部电话:(028)85623358

征稿启事 如果你有好的儿童文学作品,可以向以下邮箱投稿,作品一经选用,我们将按国家标准支付稿酬!
征稿邮箱:shishulang2017@sina.com

导　读

　　什么是民间故事呢？民间故事是广大人民群众以自发形式世世代代口耳相传的、充满幻想的一种文学样式。这些故事植根于人民的生活中，体现着普通人的喜怒哀乐，以及他们对真善美的追求，表达了劳动人民对美好生活的向往。

　　民间故事是以劳动人民为主体进行创作的，既是历代社会生活的直接或曲折的艺术反映，也是民间文艺的体现；既是广大人民在长期的生活历程中一种自我教育的有效手段，也是民族文化的一种鲜明标志。

　　中国民间故事是一座金矿，是中华优秀传统文化的重要组成部分，是中华民族文化宝库中闪闪发光的明珠，我们总能从中汲取智慧和力量。

汉族流传至今的民间故事较多，《梁山伯与祝英台》《白蛇传》《孟姜女哭长城》和《牛郎织女》被誉为中国古代四大民间故事，流传极广。千百年来，它们就像一盏盏明灯，讲述着永恒的人间真爱，令人们对真挚的爱情心生向往。

极富特色的《年兽的传说》《灶王爷和灶王奶奶》等一系列传统节日的故事，让孩子在故事中了解中国的民风民俗，体验中国博大精深的民间文化。而在《花木兰从军》中，我们则可以看到巾帼不让须眉的花木兰，为了国家的安全，贡献自己的力量，用尽全力去爱自己的国家和家人。

另外，少数民族的民间故事也充满民族特色，如《猎人海力布》在蒙古族人民中广为流传：猎人海力布偶然得到一块宝石，使他能听懂飞禽走兽的语言，但如果把这个秘密告诉别人，他就会变成石头。为了帮助乡亲们躲避洪水，海力布毅然决然地选择了说出秘密，而他自己则变成了石头。这是一个关于英雄的美丽传说。

在编选的过程中，我们力求所选故事经典，具有代表性，收录了包括汉族、蒙古族、维吾尔族等民族在内的数十篇脍炙人口的民间故事，用适合孩子阅读的语言娓娓道来，展现了中国古代劳动人民积极乐观的精神和无与伦比的智慧。

总之，中国民间故事中的养分是我们所必需的，如孝敬父母、勤俭节约、尊敬师长、团结和睦、立志勤学、谦虚礼让、律己宽人、公正无私、明理诚信等。这些故事讲述着中华民族的优良品德，值得细细品读。

编辑组

目　录
CONTENTS

仓颉造字 …………………………………… 1

蚕神姑娘 …………………………………… 5

牛郎织女 …………………………………… 9

孟姜女的传说 ……………………………… 13

白蛇传 ……………………………………… 22

田螺姑娘 …………………………………… 32

梁山伯与祝英台 …………………………… 35

包公断案 …………………………………… 43

济公的故事 ………………………………… 47

三个和尚 …………………………………… 51

宫女图 ……………………………………… 57

蛇郎 ………………………………………… 62

望娘滩 ………………………………………… 67

神奇的红石榴 ………………………………… 73

老鼠嫁女 ……………………………………… 79

七兄弟 ………………………………………… 81

鲤鱼跳龙门 …………………………………… 85

八仙过海 ……………………………………… 88

哪吒闹海 ……………………………………… 92

嫦娥奔月 ……………………………………… 95

沉香劈山 ……………………………………… 98

董永和七仙女 ………………………………… 102

花木兰从军 …………………………………… 109

百鸟朝凤 ……………………………………… 115

巫山神女 ……………………………………… 118

找姑鸟 ………………………………………… 121

红泉 …………………………………………… 126

三根金头发 …………………………………… 132

飞来峰 ………………………………………… 137

五指山 ………………………………………… 142

鲁班的故事 …………………………………… 145

赵州桥 ………………………………………… 149

东坡肉的由来 …… 152

年兽的传说 …… 155

灶王爷和灶王奶奶 …… 159

十二生肖的传说 …… 162

彭祖的故事 …… 166

马兰花 …… 170

阿里山的传说 …… 173

马头琴 …… 177

猎人海力布 …… 182

阿凡提的故事 …… 186

长发妹 …… 192

火把节的来历 …… 195

阿诗玛 …… 198

干海子 …… 201

狼、狐狸和兔子 …… 206

仓颉造字

(汉族民间故事)

上古的时候没有文字,人类只能把事情统统记在脑子里。可人的头脑没法记下太多的东西,怎么办?当时的聪明人便想出"结绳记事"的办法来:在绳子上打一个结,表示一件事情;打两个结,表示两件事情。大事就打大结,小事就打小结。

这个办法起初好像很有效,可时间一长,人们看到以前的绳结,往往想不起来到底发生过什么事。这又该怎么办呢?慢慢地,就有人想出用图画来记事情的好办法。

相传,仓颉是黄帝那个年代的史官,他负责管理牲口圈和仓库。

仓颉是个非常聪明的人,而且做事尽心尽力。一天,仓颉参加了一次集体狩猎。在一个岔路口,他看到有三个老人正在为走

哪条路争论不休。

一个老人要往东走,说那个方向有羚羊;另一个老人坚持要往北走,说去那里很快能追到鹿群;第三个老人却又坚持要往西走,说那里有两只老虎得马上打死。仓颉感到很奇怪,这几位老人是怎么知道每个方向有什么动物的呢?于是他停下来问。一问才明白,原来老人们是根据动物留下的脚印判断出究竟是什么动物的。

仓颉听完,忽然得到启发:既然不同的脚印代表不同的动物,那么能不能用不同的符号来代表不同的事物呢?

几天后,仓颉在河边散步,看见一只老乌龟在岸边慢慢地爬着。仓颉凑了过去,发现龟背上的纹路其实是有规律的。他继续观察,又发现虫蛇、山川、黍稷、草木等,都有着自己独有的形式或者姿态,像是具有各自的符号,互不相混。从中他发现了实物与符号之间的秘密。

从此,仓颉处处留心观察周围的所有事物:太阳、月亮、鸟兽、虫鱼、草木……发现最能代表它们特点的符号。仓颉对事物的观察比别人仔细,也更能有独特的发现。

有了这些发现,仓颉就开始利用线条,制定代表每样事物的图形,让人一看就差不多明白这代表什么意思。比如太阳光芒四射,他就画一个圈,中间加了一个点,来表示太阳;月亮的特点是形状有圆有缺,每天都会改变,他就干脆画了一个半弯的月亮,中间加了一个短竖,来表示月亮;山是有高有低、起起伏伏

的,所以他画了三座连在一起的山,来表示山;他还用简单的线条勾画出人站立时的侧面图像,来表示人……

随着一个又一个符号图形被创造出来,仓颉越来越有心得。接着他又想到,如果把几个符号结合起来,还能表达比较复杂的意思,这样就可以记录完整的事情了。

就这样,仓颉掌握了用符号记事的诀窍和要领,还把这种方法传到各个部落。渐渐地,这些符号的用法推广开了,逐渐形成了文字。

蚕神姑娘

(汉族民间故事)

从前有一户人家,家里只有父女俩。

女儿不仅长得漂亮,还格外聪明。有一天,父亲要到外地去,就把女儿和一匹白马留在家里。这匹马长得非常健壮,跑起来像风一般,可谓日行千里。更令人惊奇的是,这匹马十分通晓人性,懂得人的话语。大家都说这是一匹"神马"。

父亲临出门时,特意嘱咐女儿,要精心喂养和爱护这匹马,他不久就会回来的。

父亲走后,家里只剩下这匹马和女儿做伴儿。

每当女儿觉得孤单时,就跟马儿说说话。谁知,马虽然不会言语,但会点头、甩尾,表示出很亲热、很明白的样子。

过了一些日子,父亲还没回来。女儿很想父亲,担心父亲在

外遇上什么变故。一天,她半开玩笑半认真地对着白马说:"马呀,你能听懂我的话吗?如果你能把我的父亲找回来,我就嫁给你做妻子。"没想到,姑娘的话音刚落,这匹马竟然脱缰而去,一溜烟不见了。

原来父亲在远方生了病,困在一个荒无人烟的地方,正在犯愁该怎样才能回家。突然,他发现自己家中的那匹白马奔跑而来,心里十分惊喜。

父亲因思女心切,顾不得多想什么,就跨上马背,骑马往家里奔去。

到家后，久别的父女相聚，自然格外高兴。父亲觉得这匹马立了大功，就特别添草加料，精心喂养。但奇怪的是，精草细料不少，马儿却一口也不肯吃。更奇怪的是，每当女儿经过这匹马的旁边时，它不仅引颈长鸣，还跳跃不止，发出或喜或怒的声音来。

父亲疑惑不已，问女儿是怎么回事。女儿就把她对白马说过的话，告诉了父亲。

父亲听了，感到十分不安，沉思了一会儿，便低声嘱咐女儿说："女儿呀，记住，这件事千万不要张扬出去。要是让人知道我把女儿嫁给了一匹马，那不是天大的笑话吗？你暂时不要出房门，也不要到马跟前去。"

第二天，父亲便在马棚周围装上了弩箭，趁马不备，把马射死了。然后，他剥下马皮，把马皮挂晒在院子里的一块大石头上。

一天，女儿正跟邻家的玩伴在院子里玩耍。当她看到晾晒在石头上的马皮，心中十分不安。特别是想起父亲出门在外的那些日子……心里充满愧疚。

想着想着，她伸手抚摸了一下马皮上的鬃毛，这时意外发生了。马皮突然掀开来，像一阵风似的把姑娘卷走了。一旁的玩伴吓坏了，急忙跑去告诉她的父亲。当父亲赶来时，女儿和那张马皮早已无影无踪，不知去向。

原来，马皮卷走了可爱的姑娘，径直往西南方飞去。

在遥远的西南方，有个叫大踵的地方，那里人烟稀少，长满了桑树。到了那里以后，姑娘失去了人形，变成了有着马头形状、爬在树叶上的蚕。她不吃别的东西，只吃桑树叶子。后来，她成了这片桑林的主人，天帝封她做了蚕神。

面对这场遭遇，姑娘有说不出的苦处，她日夜想念着自己的家乡，挂念着自己的父亲。每当这个时候，她就会不断地从口中吐出长丝，寄托她悠长不尽的思念。时间长了，当地人就亲切地称她为"蚕神姑娘"。

牛郎织女

（汉族民间故事）

相传在很久以前，在南阳城西有一座牛家庄，村里有一个叫牛郎的小伙子。

牛郎自幼父母双亡，一直跟着哥哥、嫂子生活。

嫂子嫌弃牛郎，为了赶他走，经常逼他干重活、累活。有一天，嫂子赶来九头牛，对牛郎说："你出去放牛吧，等有了十头牛再回来，否则就别想进家门！"牛郎无可奈何，只好赶着牛，出村放牛去。

牛郎赶着牛进了山。爬上一面山坡，他坐在树底下独自伤心，心想不知何时才能赶着十头牛回家。这时，一位白胡子老人出现在他的面前，问他为何伤心。

老人听了他的遭遇后，便笑着对他说："如果是这样，那

就别难过了。在伏牛山里有一头老牛生病了,你去好好喂养它,等老牛病好以后,你就可以赶着它回家了。"

牛郎走了很远的路到了伏牛山,真的在那里找到一头有病的老牛。

看老牛已经饿得奄奄一息,牛郎打来一捆捆青草,一连喂了它好几天。老牛吃饱后,抬起头告诉牛郎,它原本是天上的神仙,因为触犯天条被贬下凡,腿也摔坏了,无法动弹。

尽管老牛病得厉害,牛郎却不畏辛苦,一直细心照看、喂养老牛。

过了一个月,老牛的病终于好了,牛郎便高高兴兴赶着十头牛回了家。可是回到家中后,嫂子仍然对他很不好,几次想要加害他,但都被老牛设法相救。

嫂子恼羞成怒,把牛郎和老牛赶出了家门。从此,牛郎独自在山里耕作,和老牛相依为命。

一天,老牛得知天上编织云霞的织女要到人间来游玩,便对牛郎说:"明天黄昏,你到山后的湖边去,会遇到一位美丽的姑娘。"第二天黄昏,牛郎果然在山后的湖边见到了织女。就这样,他们两人相爱了,织女也没有再回天上去。

牛郎和织女结了婚,过着男耕女织、相亲相爱的美满生活。不久,织女还生下一双儿女,一家人生活得很幸福。

但好景不长,织女擅自下嫁凡人的事很快让玉皇大帝和王母娘娘知道了。王母娘娘强行把织女带回天庭,美满的家庭被活生

生地拆散。

可是,牛郎是个凡人,根本没法上天去追织女。他悲痛欲绝,大哭起来。

这时,老牛见牛郎这样悲伤,就告诉牛郎,它快要死了。等它死后,穿着用它的皮做成的鞋,就可以上天。说完,老牛就死了。牛郎一边哭,一边按照老牛的话去做。他穿上牛皮做成的鞋,担着自己的儿女,一起腾云驾雾上天去追织女。

眼见牛郎就要追到了,岂知王母娘娘拔下头上的金簪一挥,一道波涛汹涌的天河出现在眼前,牛郎与孩子们和织女被隔在天河两岸,只能互相对望哭泣。

牛郎和孩子们的痛哭声终究还是让王母娘娘的心软下来,她同意让牛郎和孩子们留在天上。但只有每年的农历七月七日,他们才可以通过喜鹊搭成的桥,与织女相聚一天。

从此以后,每到这一天,人们都会仰望星空,希望能看到牛郎织女相会。这一天也被称为"七夕节",成为我们中华民族的传统节日。

孟姜女的传说

(汉族民间故事)

相传秦朝时,有孟老汉和姜老汉两家人比邻而居,两家仅一墙之隔。一年春天,孟老汉在自家院子里种下了一颗葫芦籽,天天浇水、常常施肥,精心培育。

葫芦秧一天天长大,从墙头爬过去,在姜老汉的院子里结下了一个很大的葫芦,足足有几十斤重。等到葫芦成熟后,姜老汉用刀切开葫芦,发现里面竟躺着一个又白又胖的可爱小女孩。

因为这个小女孩,孟老汉与姜老汉产生了很大的矛盾,都争吵着说这个孩子应该属于自家。这样的争吵足足持续了三天三夜,最后经村里人调解,两家商定,女孩归两家共有,轮流居住在两家,并取名为"孟姜女"。

孟姜女渐渐长大了。她心地善良、知书达理,方圆十里八乡

的乡亲们都很喜欢她。

那时,秦始皇正到处抓人做劳工修长城。有一个叫万喜良的书生,被迫从家里跑了出来。

他跑得口干舌燥,想要找点儿水喝,忽然听见一阵人喊马叫。他想,一定又在抓人了。看来,不能再往前跑了,否则就会被人发现。于是他急急忙忙地跳过旁边的一堵院墙,正好落在了孟家的后花园,便趁势钻进树丛里。

恰逢孟姜女由丫鬟陪着出来逛花园,她被一道躲入树丛的黑影吓了一跳,发出一声惊叫。

万喜良赶紧从里面钻出来,哀求道:"小姐,拜托你千万别叫了,我是逃难来到这里的,快救救我吧!"

孟姜女打量着眼前的这位书生,看他模样十分俊秀,惹人怜爱,便没把万喜良赶走,而是与丫鬟一起马上向孟老汉报告。不一会儿,孟老汉赶到花园,对万喜良反复盘问,打听他姓甚名谁,他的家乡、住址,又为何落魄到此,等等。万喜良统统诚实地做出了回答。

见万喜良挺老实,也很有礼貌,孟老汉同意让他暂时躲藏在家中。

经过一段时间的相处,孟家老两口觉得万喜良一表人才,就跟孟姜女商量,要招他为婿,万喜良也很快答应,这门亲事就这样定了下来。他们选定一个良辰吉日,请来亲朋好友,摆了酒席,万喜良和孟姜女成亲了。

可是,小两口成亲没几天,一天,突然有一伙抓夫的衙役闯进来,不由分说,将万喜良抓走了。

明明知道万喜良这一去凶多吉少,可孟姜女还是整天盼着他回来。可她盼了一年,非但人没盼回来,连信儿都没盼到。实在放心不下丈夫的孟姜女,连续几夜为丈夫赶制出棉衣,想亲自到长城工地上去寻找丈夫。看到她如此坚定,家人也只好同意。

孟姜女辞别二老,一路向北,踏上了寻夫之路。她穿过重重山峦,跨过条条大河,忍饥挨饿,不知道走了多少天,才遇到一位打柴的白发老伯伯。她急切地问:"老伯伯,这儿离长城还有多远?"老伯伯说:"这里离长城还有很远很远的路呢。"孟姜女心想:"就算长城在天边,我也要找到我的丈夫!"

就这样,无论是刮风还是下雨,孟姜女都咬着牙,坚持不懈地向前走。

一天傍晚,她走到前不着村、后不着店的荒郊野外,看到不远处有一座破庙,就想进去将就一宿。破庙倒是很大,只是那半人高的荒草和怒目圆瞪的神像让人看着心里发慌。可她实在太累了,已经顾不得这些,随便找个角落就睡下了。她做了一个梦,在梦里,她与丈夫正在看书,忽然响起一阵粗暴的砸门声,一帮抓夫的衙役闯了进来,抓住了万喜良……她一下子从梦中惊醒,原来是破庙的门窗被风吹开了。

此时天色已经微亮,她又背起行囊上路了。这一天,她走得筋疲力尽,竟然昏倒了。等她苏醒过来,才发现自己竟躺在老乡家的热炕头上。

一位老大娘正忙活着给她擀面、沏红糖姜水。

孟姜女出了点儿汗,觉得身体已好了很多,就想挣扎着起来赶路。老大娘却含着泪花拉着她的手说:"孩子啊,看看你的脚,都成了血疙瘩,身子也像火炭一样,我怎么可以让你走呢?"孟姜女不好推脱,只好又在老大娘家住了两天,但没等病好利索,她又动身了。

老大娘一边抹着眼泪,一边念叨着:"这是个多好的媳妇啊!老天爷,你就行行好,让天下的夫妻都团聚吧!"

功夫不负有心人,孟姜女终于来到了修长城的工地。她向修长城的劳工打听:"您知道万喜良在哪儿吗?""您知道万喜良在哪儿吗?"可问了一个又一个,对方都说不知道。在问了很多人之后,她才靠好心人领路,找到了与万喜良一起修长城的那些劳工。

孟姜女急切地问:"各位大哥,你们是和万喜良一起修长城的吗?"

大伙儿说:"是的!"

孟姜女继续追问:"那万喜良呢?"

大伙儿你看我,我看你,谁都不说话。孟姜女瞪大眼睛,恳求道:"求求你们,快告诉我,万喜良呢?我丈夫万喜良在哪里?"知道已经瞒不过去,大伙不得不支支吾吾地说:"万喜良……上个月……就……已经因为疲劳加饥饿……死了!"

"啊?!那……尸骨呢?"

"唉,累死病死的人实在太多了,根本埋不过来,监工吩咐我们,把所有死去的人都填到长城里了!"

没等大伙儿把话说完,孟姜女就大哭起来,直哭得在场的所有人个个落泪。她一边哭,一边还使劲拍着长城,宣泄着她的悲伤。她哭得日月无光,天昏地暗。突然,在她的大哭声中,长城发出一阵哗啦啦的巨响,竟像天崩地裂似的倒塌了一大段,把所有的人都惊呆了!

长城倒了,成堆的人骨露了出来。孟姜女赶紧扑过去寻找。可这么多的白骨,哪一个才是自己的丈夫呢?很快,她就通过自己亲手为丈夫做的衣服,认出了丈夫。孟姜女守着丈夫的尸骨,哭得死去活来。

正在这时候,秦始皇带领大队人马,从这里路过。听说孟姜女把城墙哭倒了,秦始皇火冒三丈,气得差点儿跳起来。他带领三军来到山下,准备处死孟姜女。可是当看到眼前这个眉清目秀、年轻漂亮的孟姜女时,他又不想杀死她了,而是心中涌上了霸占她的念头。

可孟姜女怎么会同意呢?她一口拒绝秦始皇的"恩宠"。但秦始皇并不知难而退,他差遣了几个老婆婆和中书令赵高,带着凤冠霞帔再去劝说,可孟姜女仍然是宁死不从。最后,秦始皇决定再次亲自出面。看见他,孟姜女气得牙根都痒痒,真想一头撞死在这个暴君面前。可是她转念一想,丈夫的仇还没报,那些堆积成山的白骨怎么能这样白白冤死呢?

发现孟姜女没有说话,秦始皇以为她同意了,就高兴地说:"你说吧,什么条件我都答应,就是你想要金山银山都没问题。"

孟姜女想了想,说:"我不要金山银山,我只要你答应三件事!"

秦始皇微笑着说:"不要说三件事,就是三十件事,我也依你,说吧!"

孟姜女说:"第一件,你要给我丈夫立碑、修坟。"

秦始皇催促说:"好!好!快说第二件!"

"第二件,就是你要给我丈夫披麻戴孝,打幡抱罐,跟着灵车走,还要率领文武百官一起来送葬。"

这样的要求，秦始皇怎么能够答应呢？他忙说："不行！我乃堂堂一国之君，怎么能给一个小民送葬呢？还是说第三件吧！"

孟姜女说："如果不答应第二件，就没有第三件！"秦始皇看对方的态度如此坚决，只好答应。

孟姜女又说："第三件就是，我要逛三天大海。"

秦始皇哈哈大笑，说："这当然容易，我都依你！"

秦始皇立即派人给万喜良立碑、修坟，准备孝服等物件。出殡当天，万喜良的灵车在前面行驶，秦始皇披麻戴孝，紧跟在后面，真当了一回"孝子"。发丧完毕，孟姜女跟秦始皇说："咱们去游海吧！"这让秦始皇喜出望外，可正当他高兴的时候，只听扑通一声，孟姜女跳进了大海。

秦始皇急得大喊："快，来人啊！给我下海把她捞上来！"

可打捞的人刚下海，船就被一阵巨浪卷走了。

这大浪可不是凑巧出现的，那是有来头的。原来龙王爷和小龙女都非常同情孟姜女的遭遇，见到她跳海，就赶紧把她接到龙宫里去了。接着，龙王爷和小龙女差遣虾兵蟹将，掀起巨浪。幸亏秦始皇跑得及时，否则会被卷进大海里。

后来，为了纪念孟姜女，人们在山海关附近给她修坟建庙，并给庙取名叫作"姜女庙"。

白蛇传

（汉族民间故事）

一说起白蛇的故事，大家就会想到温柔善良的白素贞，还有小青，当然也一定少不了许仙和法海。

有一年春天，杭州西湖岸边桃红柳绿，游人如织。三五成群的姑娘们打扮得花枝招展，有的赏景，有的荡舟，好一幅生机勃勃的人间美景！这其中就有两位更加出众的年轻女子，一位身穿白衣，一位身穿青衣。

她俩就是白素贞和小青。

原本，白素贞和小青是在青城山和峨眉山上修炼千载的两条灵蛇，因羡慕人间，变成了美貌女子，结伴来到杭州城。

正当白素贞和小青在西湖边玩得高兴之时，老天爷偏偏突然变了脸，霎时间下起了大雨。

白素贞和小青既没带伞，又不便在大庭广众下变回原形，正不知如何是好。就在这时，她们的头顶上出现了一把伞。她们转身一看，原来有一位温文尔雅、白净秀气的年轻书生，正撑着伞为她们遮雨。

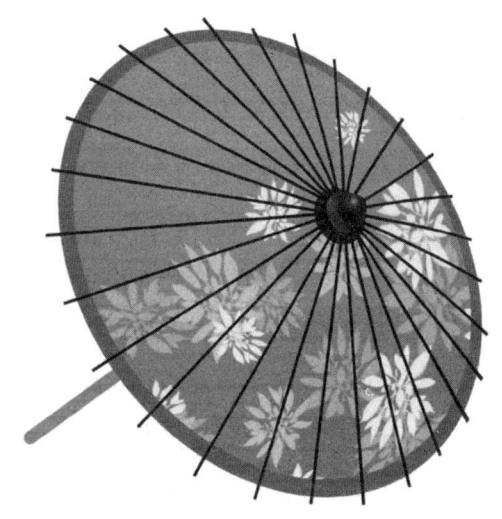

年轻书生说："两位娘子用我的伞吧。"

白素贞和这位年轻书生四目相交，二人不约而同地红了脸，相互产生了爱慕之情。

对于年轻书生的帮助，白素贞和小青感激不尽。她们约好第二天到年轻书生位于断桥边的家还伞。

第二天，书生和白素贞再次见面后，彼此做了自我介绍。年轻书生名叫许仙，父母双亡，寄居在姐姐家，现在一家药铺当伙

计。白素贞见许仙忠厚老实、心地善良，对他的好感愈发加深了。

不久，在小青的撮合下，白素贞和许仙结为夫妻。

婚后，许仙带着白素贞离开姐姐家，从杭州迁居苏州。在苏州，夫妻俩开了一家"保和堂"药店。

保和堂治好了很多疑难病症，名声一下就传了出去。而且他们给穷人看病配药还分文不收，药店的生意越来越红火，来找白素贞和许仙治病的人也越来越多。人们还亲切地将白素贞称为"白娘子"。

白娘子和许仙治病救人本是件大好事儿，但他们却不知道这样一来抢了一个人的生意，由此也给自己招来了麻烦。

这个人是谁呢？他就是金山寺的法海和尚。法海与白娘子原本在前世就有怨，而今世保和堂的避瘟丹、驱疫散等药非常灵验，使得去金山寺烧香许愿的人越来越少，二人便又结了新仇。

有一天，法海身上披着袈裟，手里托着金钵，肩头横着青龙禅杖，胸前还挂着大木鱼，他走三步敲一敲，一摇一摆地来到了保和堂药店的门前。他发现店里只有许仙一人在，就敲起木鱼，大模大样地走了进来，朝许仙合起手掌，说："施主，你店里的生意如此兴隆，请让我化个缘吧。"

没等许仙开口，法海又说："七月十五金山寺要做盂兰盆会，请你结个善缘，到时候来烧炷香，求菩萨保佑你多福多寿，四季平安。"许仙听他讲得好，就给他一串铜钱，在化缘簿上写下了名字。

法海和尚走出门口,又回过头来关照:"到了七月十五,施主你一定要来啊!"

日子过得很快,七月十五转眼就到了。这天,许仙起了个早,换了身干净衣裳,对白娘子说:"娘子呀,今天金山寺做盂兰盆会,我们一起去烧炷香好吗?"

白娘子回答道:"我怀着身孕,爬不上山,你自己去吧。烧完香早点回来就行。"

就这样,许仙来到金山寺。他一跨进山门,法海和尚就把他拉到了禅房里。

法海和尚对许仙说:"施主啊,你可知道你家娘子是一条千年白蛇?"许仙听了很生气:"我娘子是个好端端的人,怎么会是白蛇?"

法海和尚假慈悲地说道:"施主你已被妖气迷住,老僧早就看出她是白蛇变的!"

听法海和尚说完,许仙突然想起端午节那天发生的一件事。

原来,许仙担心娘子怀孕后身体弱,让她喝下一杯有解毒、杀虫、辟邪功效的雄黄酒。却不想娘子喝醉了,不由自主现出了白蛇原形,直接把许仙吓得昏死过去。"为了救我,娘子历尽千难万险,上仙山盗取了救命的仙草,我才重新活了过来。"想到这儿,许仙不觉心里一惊,难道娘子真的是白蛇变的?

见许仙愣在原地,法海和尚得意扬扬地说道:"你可不能再

回家了，要不就出家吧。你做我徒弟，有我的佛法保护，她就不敢害你了！"

许仙不假思索地摇了摇头，心想："娘子对我情深义重，就算她是白蛇，也从不曾害过我，如今她还有了身孕，我怎能丢下她出家做和尚？"

法海见许仙不从，便强行把他关在了金山寺内。

许仙出去好多天了，白娘子在家里等啊、盼啊，就是等不回丈夫。她心急如焚，逢人就打听。皇天不负有心人，她终于打听到了丈夫的下落。

白娘子和小青来到金山寺，哀求法海和尚高抬贵手，放丈夫回家。法海和尚见白娘子来求情，冷笑道："大胆蛇妖，我劝你赶紧离开人间，否则休怪我不客气！"看来法海和尚是绝对不会轻易放人的，白娘子暗暗做好了斗法的准备。

趁法海不注意，白娘子从头上拔下金钗，迎风一摇，运用法力调集来了金山湖、西湖、钱塘江的水，化成滔滔大浪，像千军万马般嘶吼、呐喊着向金山寺直逼而来。天哪，这可是要水漫金山寺啊！

法海和尚把身上的袈裟脱下，用法术把它变成了一道牢固的长堤，拦在寺门外。大水涨一尺，长堤跟着高一尺；大水涨一丈，长堤也跟着高一丈。

金山寺平安无事，百姓却遭了殃。眼看房屋被冲，良田被淹，白娘子实在不忍和法海继续斗下去，命小青匆匆收兵，两人重回西湖修炼,等待来日寻找良机再度报仇。

后来,许仙找了个机会逃出了金山寺。看白娘子和小青不在家,怕法海再来找他生事,许仙就收拾了一点东西,连夜回到杭州。

许仙回杭州的第一件事,就是四处寻找白娘子。几番寻找无果,他去了两人偶遇的地方——西湖。风景如旧,只是早已物是人非。好好的一对恩爱夫妻,活活被法海和尚拆散。心里十分难受的许仙,再也忍不住抱头痛哭:"娘子呀娘子,我该到何处寻你?"

正在西湖底下练功的白娘子和小青,隐隐听到从湖面上传来的哭喊声,倾耳细听,原来正是许仙。两人从湖底钻了上来,并在湖面上捞了片树叶,哈了口气,将树叶变成一只小船。她们坐上了船,摇着双桨,来到许仙面前。

就这样,夫妻两人又在断桥相会。白娘子跟着许仙,寄住在许仙姐姐家待产。

元宵节那天,随着一声清亮啼哭声的响起,许家新添了一名男婴。许仙整日抱着白白胖胖的儿子不肯撒手,乐得合不拢嘴。本以为小日子恢复了以往的平静,谁知在儿子满月时,法海和尚又出现了。

这次,法海化身为挑担子的小货郎。他知道这天许仙家要办满月酒、做汤饼会,就故意在许仙姐姐家附近叫卖。

许仙叫住了小货郎,见他的担子里有头饰卖,便选中一顶金

光闪亮的金凤冠,准备送给白娘子。

白娘子看到礼物很是喜欢,就让许仙帮她戴上去。不料,这金凤冠一戴到头上就再也取不下来了,而且越箍越紧,越箍越紧。被箍得难受的白娘子头痛欲裂,金星乱冒,一头倒在地上晕了过去。

许仙见状,连忙把白娘子扶上床,之后跑到门外找货郎算账。门外哪还有什么货郎?只有一个横着青龙禅杖的法海和尚。

原来,自从许仙逃出金山寺,法海和尚便满世界找寻,打听到他给儿子办满月酒,就把金钵变成了金凤冠,自己化身为货郎,引诱许仙上当。

许仙中了圈套,不由得悲愤交加。法海和尚则冷笑道:"施主,好言相劝你不听,偏要和妖孽生活在一起。今天,老衲就要为民除害了!"

法海和尚一把推开挡在大门口的许仙,大步流星地闯进屋里,朝白娘子的头上吹了口气,金凤冠立即变成了金钵。金钵射出万道金光,把白娘子团团罩住,使其动弹不得。

小青想扑过去拼命,只听白娘子在金光里喊:"小青,快走!快走!你不是他的对手!千万别为了我送命!"

是啊,仅凭她一人之力,怎斗得过法海和尚?"姐姐,练好功夫,我定会来替你报仇的!"小青说完,便借一阵青烟,流着泪,从窗口逃走了。

许仙是个凡人,他不会武功,也没有法力,只能苦苦哀求法海和尚放了白娘子。

"官人珍重!要好好抚养我们的孩子!切切!"只见白娘子的身体在金光的笼罩下,越缩越小,越缩越小。最后她变成一条白蛇,被收进了法海和尚的金钵。

为了镇压白蛇,法海和尚在南屏山净慈寺前的雷峰顶上,造了座雷峰塔,把白蛇关在了这里。他还居住在净慈寺,日夜看守,严加防范。

而小青,则在深山闭关潜心修炼。多年后,眼看道行日益精进,她便赶回杭州和法海和尚决一死战。

他们从白天打到晚上,从天黑打到天明,从净慈寺前打到雷峰塔下,连续打了三天三夜。小青越战越猛,法海和尚则节节溃退。趁法海和尚喘气之际,小青朝着雷峰塔猛一挥剑,只听一声巨响,塔倒了。

一道白光从塔里飞出来,白娘子幻化成人形,和小青一起围攻法海。法海支撑不住,一脚踏空,跌进了西湖里。法海和尚东躲西藏,却找不到一个安全的地方。后来,他看见螃蟹的肚脐下有一丝缝隙,便一头钻了进去。

终于,白娘子回家了!

时间过得真快,当初的婴孩已长成英俊的小伙儿。一家三口终于团聚,激动得拥抱在了一起。

白蛇传

田螺姑娘

（汉族民间故事）

晋朝时，有个孤儿叫谢端。父母在他很小时就去世了。好心的邻居收养了他，并把他抚育成人。

长到十七八岁，谢端不想再给养父母添麻烦，就在山坡边搭建了一间小茅屋，开始独自生活。

谢端忠厚老实，勤劳节俭，但因家中一贫如洗，邻居帮他说了几次媒，都没有成功。渐渐地，他对婚姻生活不再抱有希望，也过惯了一个人劳作、吃饭、睡觉的日子。

有一次，谢端去田里种庄稼，捡到了一只特别大的田螺。

谢端把田螺放在手心里，左看右看，觉得这是个奇异的东西，就把它带回家，放在水缸里养了起来。

有一天，谢端从地里劳作回来，还未进屋就闻到了饭菜的香味。

一打开门,果真,桌子上已经摆放好了热饭和热菜。

到底是谁给他做的呢?难道是哪位好心的邻居?为了搞清楚事情原委,谢端出去问了一圈,可邻居们都说不知道。不是邻居,那会是谁?谢端更加疑惑了。

于是又有一天,谢端在鸡鸣时分下地,在太阳升起时又悄悄溜回来,并躲在篱笆外偷看。

终于,他发现了秘密!一个明眸皓齿的姑娘从水缸里坐起来,翩翩走到灶边生火、切菜、淘米。

太奇怪了！谢端不停地揉眼睛，以为自己看错了。水缸里除了一个田螺，并没有别的东西，难道眼前的漂亮姑娘是田螺变的？谢端忙跑到水缸边，捞起水里的田螺一看，果然，田螺已经成了空壳。

谢端走到正在烧火做饭的漂亮姑娘身边，问她："你到底是谁？你是不是从这螺壳里走出来的？"看到谢端突然回来，漂亮姑娘心想露馅儿了，她想回到水缸里去，却被谢端挡住去路。在谢端的再三追问下，漂亮姑娘只得告诉他实情：是的，她就是田螺变的。

慢慢地，谢端喜欢上了善良美丽的田螺姑娘，田螺姑娘也爱上了勤劳能干的青年。再后来，他们结为夫妇，过上了美满幸福的生活。

梁山伯与祝英台

(汉族民间故事)

在浙江上虞有个祝员外,他有个女儿叫祝英台,长得漂亮,又聪明好学,被祝员外夫妇视为掌上明珠。

祝英台很想去杭州的学堂上学,但当时的女孩子是不能去学堂的。于是祝英台想了一个好办法——女扮男装!

她缠着父母说:"爹,娘,我穿上男人的衣服,不就可以上学了吗?"祝员外不同意,祝英台又苦苦央求:"我会小心谨慎,不会让人认出来的,你们就答应我吧!"父母拗不过她,只好答应了她的请求。

上虞到绍兴的一路上,山清水秀,风景如画。英台和丫鬟银心还是第一次出门,对什么都无比感兴趣。一天,两人在草桥亭休息时,有位书生也带着个书童进来休息。

英台大方上前打了个招呼:"这位仁兄,您好。我叫祝英台,您贵姓?"

书生很有礼貌地答道:"在下姓梁,名山伯。"

英台继续问:"公子,您这是去往何处啊?我从上虞来,要到杭州求学。"

梁山伯答道:"真巧,我和公子同路啊。我也是去杭州。"两个人你一言我一语,谈得甚是投机,还结拜为兄弟。银心和梁山伯的书童四九也很快打成了一片。

四人同行,一路上说说笑笑,很快抵达了杭州。

之后,梁山伯和祝英台一同拜师,两人朝夕相处,建立了深厚的友情。

在求学的第三年,祝英台收到家书,说母亲生病,让她速速回去。这时的祝英台已经悄悄爱上了梁山伯,一想到要分别,她心里便万分不舍。她找到师娘,坦白了自己的女儿身份,并恳请师娘为她做媒,用她身上的玉蝴蝶扇坠作为信物。师娘开心地答应了她:"好,好,好!"

英台要走的消息很快传到梁山伯的耳朵里,他默默为祝英台收拾好行李,想为她送行。

梁山伯给祝英台送行时,祝英台一直用各种话暗示自己是女儿身,想让梁山伯向自己求婚。可梁山伯并没有听懂,祝英台感到很失望。两人又往前走了一段,看见池塘里有一对漂亮的鸳鸯,正在照着池水梳理羽毛。

祝英台再次鼓起勇气问道:"如果我是女子的话,梁兄可愿意和我做一对鸳鸯,自由自在呢?"

梁山伯还是没听懂,反问道:"你怎么可能是女子呢?"

过了河之后,祝英台故意在地上丢了只扇坠,梁山伯捡起扇坠想还给祝英台。祝英台告诉他这只玉蝴蝶扇坠是件十分重要的信物,让他拿着扇坠去问师娘。

梁山伯虽然疑惑万分,可还是点头应允。

梁山伯将祝英台送到长亭时,祝英台说:"梁兄,我家里有个跟我长得一模一样的孪生妹妹,我想为你俩做个媒,梁兄是否愿意?"梁山伯一听连连拱手,说十分乐意。

此时正好船来了,祝英台再三叮嘱梁山伯:"梁兄,早日上门来提亲!切记!"梁山伯使劲地点头。

梁山伯在祝英台走后,一再拿出玉蝴蝶扇坠赏玩,心里一直琢磨祝英台是什么意思。最后,实在想不明白的他只能去师娘处问个明白。

师娘笑着说:"英台是女儿身啊,她说的妹妹就是她自己!"梁山伯又惊又喜,不禁笑自己愚钝至极。

师娘提醒他道:"既然事情已经水落石出了,你就赶紧起程去祝府吧。千万不要耽误大好的姻缘!"梁山伯谢过师娘,赶紧收拾行李,去祝府提亲。

祝英台回家后,茶饭不思。祝员外看女儿状态不对,询问银心后才知道,女儿原来是在等梁山伯。

祝员外把女儿叫到跟前,大声喝道:"婚姻大事从来都是父母之命,你好大胆子,竟然私许终身!"

祝英台强硬地回答父亲道:"我的婚姻我一定要自己做主!除了梁山伯我谁也不嫁!"

祝员外冷冷地说道:"这可由不得你,我已经把你许配给了马文才——马太守的公子。你嫁也得嫁,不嫁也得嫁!"

对于马家公子,祝英台早有耳闻,他好吃懒做,游手好闲,还不学无术。她告诉父亲绝对不嫁给马文才。祝员外却说:"马家跟我们门当户对,而且有权有势,梁山伯那种寒门小户的出身,能高攀得上我们吗?"

祝员外不顾女儿的强烈反对,收下了马家的聘礼,祝英台气得在床上躺了三天三夜。

眼看婚期将近,而女儿却病恹恹的。这怎么能嫁人?祝员外心里十分着急。

这时,门上人来通报,说:"梁山伯上门求见!"

他还敢来!祝员外心中十分恼怒,随口就说:"不见!"随即一想,觉得不妥,就命人把梁山伯带进来。

祝英台听说梁山伯来提亲,急匆匆地从闺房里跑出来。

见到梁山伯,祝英台强忍着泪水笑着说:"我现在可是穿的女装。"梁山伯奇怪地问道:"英台,你怎么哭了?"祝英台长叹一口气,鼓起勇气对梁山伯说:"梁兄,爹爹已经将我许配给了马文才,你来迟了!"

梁山伯被惊住了，拿着信物的手僵在了半空中。

祝英台感到委屈："这不是我的本意，我不愿嫁给马文才，这都是爹爹的意思啊。"梁山伯坚决地说道："如果你不想嫁，我们就去找他们评理！"

然而一切都无济于事，马家势力太过强大。

梁山伯拉起祝英台的手，抱歉地说道："怪我太愚钝，没能早些明白你的暗示。"说罢起身就走，留给祝英台一个踉踉跄跄的背影，像是丢了魂一样。

回家后，梁山伯生了场大病。病中，他时不时地喊祝英台的名字。梁母从书童四九处了解到事情的原委。由于爱子心切，梁母亲自来到祝府，却没见到祝英台。

原来，誓死不嫁的祝英台早已被家人关起来。她写了封信，把自己的近况写在纸上，让银心偷偷带给梁山伯。

大病一场的梁山伯身体愈发瘦弱。看到书信后，他更是急火攻心。他知道自己将不久于人世，便对父母交代起了后事："我死后，请把我葬在邵家渡的山坡上，我要亲眼看着英台出嫁的喜船经过。"说罢，梁山伯就断了气。

祝英台得知梁山伯的死讯，悲痛欲绝。她一再恳求父亲，让她到梁山伯的灵前祭拜，并坚决地说："都是我害了他。如果你们不让我去，我就撞死在家里！"被吓坏的祝员外只得答应了女儿。

祝英台以最快的速度赶到了梁家。

"梁兄,我来迟了……"肝肠寸断的祝英台,抱着梁山伯的尸体,忍不住号啕大哭,"既然我们生不能在一起,死了就在一起吧!"

从梁家奔丧回来,祝英台一言不发,整日精神恍惚。马府也暗中得知了祝英台哭灵的消息,就派人提前来迎亲。

成亲这天,祝府上下张灯结彩,热闹非凡。祝英台却躲在闺房里暗自落泪。她命银心帮她在红色嫁衣里再穿了一件白色孝服。

吉时到了,祝英台被人群拥上喜船。坐在喜船上的祝英台远远地看了一眼邵家渡边山坡上的梁山伯新坟。她说要到坟上祭拜,马家的人怎么可能同意?反而把船开得更快。

这时,天空一阵狂风大作,喜船上的人只得到岸上暂时躲避。祝英台也从容地上了岸。只见她越走越快,边走边脱下红色的嫁衣,露出了雪白的孝服。她扑倒在梁山伯的坟头,哭喊着梁山伯的名字,突然间,地动山摇,飞沙走石,晴朗的天空顿时阴云密布。

这时,梁山伯的坟头裂开了一条很长的缝隙,祝英台无畏地跳了进去,坟墓瞬间又合拢在一起。一切都恢复了平静,一点也看不出坟墓有裂开的痕迹。

这时,一对蝴蝶从坟墓里飞出来,它们翩翩起舞,形影不离。

据说它们就是梁山伯和祝英台的化身,褐色的蝴蝶是梁山伯,黄色那只就是祝英台。

包公断案

（汉族民间故事）

包公即包拯，被百姓们称为"包青天""包老爷"。民间流传着两句歌谣："关节不到，有阎罗、包老。"

包拯是由嫂嫂抚养长大的。

他为官清廉，正直无私，在天长县（今安徽天长市）担任县令时，曾断过这样一桩案件。

有位老人夜里把耕牛拴在牛棚里，早上起来发现牛躺在地上，嘴里淌着血。老人掰开牛嘴一看，原来牛的舌头被人割了。老人又气又心痛，就赶忙前往县衙报案，要县官老爷抓捕割牛舌的人，替牛报仇。

这是一个无头公案，到哪里去抓割牛舌头的人？包拯认为，这事必定是老人的仇人干的。为了引蛇出洞，他安慰老人说：

"你先别声张,回去把你家的牛宰了。"

耕牛可是老人家里的宝贝,要宰牛多少有点舍不得。可老人听了包拯的话,二话没说,回家后就把牛给杀了。根据当时的法律,私自宰杀耕牛是不允许的。果然第二天,就有人来县衙里告发说有人私宰耕牛,要县官前去惩处。

包拯问明情况,立刻沉下脸说:"好大胆!你把人家牛的舌头割了,竟然反倒来告人私宰耕牛?"前来告状的人一听呆了,只好老老实实地供认了。原来,就是这个人跟牛的主人有冤仇。

后来,包拯的办案能力在老百姓中一传十,十传百,最后被皇帝知道了。皇帝要升包公的官。

原来,当时一些权贵大臣贪污受贿,朝廷风气败坏。特别是一些皇亲国戚仗着自己的皇族身份,更是肆无忌惮,连国法都不放在眼里。开封知府也是睁一只眼,闭一只眼,老百姓只得忍气吞声。包拯了不起的办案能力和老百姓对他的拥护,很快被宋仁宗注意到了,于是宋仁宗干脆提拔他做京城——开封府的府尹。

可是在皇帝眼皮底下办案,要比在偏僻地方困难得多。

这里有的是皇亲国戚和有权有势的达官贵人,谁也得罪不起。可包拯秉公执法,不买他们的账,该怎么办,就怎么办,丝毫不顾及情面。

有一次,京城连发水灾,严重危害了老百姓的生命财产。摆在包拯面前的头等大事,就是想办法解决防洪的问题。

经调查,水灾的发生和河堤上的许多违规建筑有关,必须把

这些违规建筑统统拆掉。可是在这儿修建亭台楼榭的全都是大人物,谁敢拆?包拯板起面孔,谁的账也不买,并限定了拆除时间。但有一个宦官权贵,不把包拯放在眼里,拒不拆除。

包拯查明事实后禀告皇帝,结果,宦官不仅要按时拆掉他修在河堤上的违规建筑,还被革职查办了。见包拯动了真格,别的官员也不敢违抗命令,只好乖乖拆除。

包拯不仅办案公正,还对诉讼制度进行了改革。

按规矩,要是有人到衙门告状,得先托人写状子,还得通过衙门小吏传递给知府。于是,就有一些讼师恶棍趁机敲诈勒索。看到这条不合理的规定,包拯对老百姓说,要诉冤告状可到府衙门前击鼓。只要鼓声一响,府衙就会大开正门,让百姓直接上堂控告。

如此一来,小吏就没有机会做手脚了。

有的亲戚想利用包拯做靠山,他一点也不照顾。日子一久,亲戚朋友知道他的脾气,也不敢去找他了。

皇帝十分器重包拯,提拔他做了枢密副使。

即便做了大官,包拯的生活照样十分朴素。他平生最痛恨贪官污吏,在《家训》里说:后代子孙做官贪污的,不许回老家;死了以后,也不许葬在包家的祖坟中。包拯的清廉刚直、铁面无私,一直被传诵至今。

济公的故事

（汉族民间故事）

南宋年间，在杭州净慈寺，有个名叫道济的和尚。他整天戴着一顶破僧帽，摇着一把破蒲扇，身上的僧袍脏得都已经看不清颜色。他不守佛门规矩，甚至喜欢吃肉喝酒，寺里的和尚都嫌弃他，他却说："都说佛门大开，怎么就不能容我一个疯癫的和尚呢？"从此，大家都叫他"济颠"①。

传说农历六月二十三日是火神的生日。这一天，烈日炎炎，来净慈寺烧香拜佛的人特别多，人们来此地都是求火神不要降灾，保佑大家四季平安。

到了中午，天气更热了。这时，净慈寺山门外来了一个穿红

---

① 颠，古同"癫"，精神错乱之意。

衣红裙、撑着红伞的美丽姑娘。济颠一见,立刻拿着两根竹棒从寺里跳了出来,他伸开两臂,拦住姑娘的去路,就是不让姑娘进来,行为很是怪异。

姑娘见这样一个脏兮兮的和尚拦着自己,不由得脸涨得通红,低着头就想往寺里走。

济颠却不说一句话,也跟着姑娘走。姑娘往东,济颠拦到东;姑娘往西,济颠就拦到西。

一些香客见疯和尚在山门外调戏大姑娘,纷纷起哄。老方丈听见外面吵嚷得厉害,急忙拄着禅杖来到寺门外。

见济颠这样胡闹,老方丈气得直哆嗦,呵斥济颠:"住手!济颠,你到底还是不是出家人?快给女施主让路!"

济颠听了老方丈的话,并不生气,只是笑嘻嘻地问方丈:"师父啊,你说是有寺好还是没寺好?"老方丈年纪大了耳朵背,没听清济颠的话,他用禅杖敲着济颠的头骂道:"出家人多一事不如少一事,当然是没事好啰!"

济颠不肯离开,继续缠着老方丈说:"师父,你说没寺好,可是,等到没有寺了,你可不要后悔呀。"老方丈说道:"没有事,我还巴不得呢,你快给我让开!"哭笑不得的济颠叹了口气,拖着竹棒离开了。

身穿红衣裙的姑娘走进大雄宝殿,三转两转就没了踪影。突然,殿里起了一阵奇怪的大风,一只红色蜘蛛从大殿正梁上挂了下来,不偏不倚,正好落在点着的烛火上。只听呼的一声,火星

四溅,大殿立刻烧起来。风助火势,霎时间,净慈寺就成了一片火海。

和尚和香客们东躲西藏,无处容身,却见寺后的柴房没被烧着,就你推我挤都往柴房跑。大家推开柴房门一看——咦,济颠正跷着二郎腿,躺在草堆上打呼噜呢。

大家伸出手去推搡他,济颠翻了个身,迷迷糊糊地说:"莫吵莫吵,我还要睡一会儿哩。"老方丈看到他这个样子,气不打一处来,又用禅杖去敲打济颠,说道:"寺院都给火烧掉了,你还在这儿睡大觉!"

济颠翻身坐起来,很无辜地看着老方丈说:"寺院烧掉了,这得问师父你哪。"

老方丈莫名其妙,就问济颠是怎么回事。

济颠说:"这不,刚才那穿红衣服的姑娘是火神变的,她今天午时三刻要来烧净慈寺,我想拦着她。过了午时三刻,这火就烧不起来啦!"

老方丈听了可后悔了,他埋怨济颠:"你既然知道,怎么不早说?!"济颠说道:"我说了呀,我问师父,是有寺好还是没寺好,师父不是说没寺好吗?"

老方丈这才知道,自己听岔了,可是到了这个时候,后悔早已来不及了。

三个和尚

（汉族民间故事）

从前有一座山，山上有一座破败不堪的小庙。庙里很长时间没有人住了，连香案上都落了一层很厚的灰。庙堂里，观音菩萨的玉净瓶里早已没水了，插在里面的柳枝也已枯萎，水缸里连一滴水都没有。

一个云游的小和尚来到这里，自己动手，把庙里上上下下打扫得干干净净，安心地住了下来。

太阳东升西落，日子就这样一天天地过着。柳枝长出了新芽，嫩嫩的、黄黄的。小和尚白天挑水、念经，晚上敲木鱼，日子过得十分平静。只有偶尔跑来的一两只老鼠，吱吱地叫上一阵，点缀着庙里的寂静。

不久，庙里来了一个穿蓝褂子的瘦和尚。

瘦和尚好像已经走了很长的路,又累又渴,一到庙里就咕咚咕咚把半缸水喝光了。

这可气坏了小和尚,从山上到山下可要走很长的路呢。自己辛辛苦苦挑来的水,竟被这陌生的家伙一下子喝光了,这可怎么行?

小和尚把扁担和水桶拿到瘦和尚面前:"你把我的水都喝完了,你该去山下面给我挑两桶水吧。"

瘦和尚挑着担子,边走边想:"我最多喝了一桶水,为什么要还他两桶呢?山路这么远,天气这么热,我才不去给他挑呢!"于是,没走几步,他就又挑着担子回来了。

小和尚见瘦和尚下山了,正在得意终于有人替自己担水了。可这时,瘦和尚竟又回来了,水桶里连一滴水都没有。

"你为什么没挑水回来?"小和尚怒问。

"我只喝了那么一点,你却让我帮你挑那么多,我不是亏了么?我又不是傻子,才不去呢!"瘦和尚似乎理直气壮。

两个人背对着,坐在那里怄气,谁都不理谁。

太阳马上就要落山了,两个人还是不肯说一句话。天气那么热,两个人半天没喝水了,都渴得要命。这时,瘦和尚说话了:"要不我们去抬水,这样公平一点。"

小和尚心里想:"这样也不错,至少比一个人挑水要轻多了。"

两个人刚说好,却又开始犯难了:水桶放偏了怎么办?那样，另一个人不就又占便宜了？

两个和尚又不动了，站在扁担前面开始发愁。眼看天就要黑了，这可怎么办呢？小和尚灵机一动，找来一把尺子，在扁担上量了量。最后，他们把水桶放在了扁担最中间，这才开开心心地抬水去了。

这样过了很多天，小和尚和瘦和尚每天都下山抬水，两个人还在庙后面种了一些菜，日子过得很悠闲。

这样平静的日子没过多久，有一天，又来了一个胖和尚。他爬上山的时候，热得衣服全湿透了，满脸是汗，擦个不停，一看见缸里的水，就咕咚咕咚地喝了起来，一眨眼工夫，一缸水都被他喝完了。

小和尚、瘦和尚两人都看呆了，等他们回过神来，水一滴都没有了。

两人你看看我，我瞅瞅你，一起向胖和尚吼道："快还我们的水！"说着，他们就把水桶和扁担递了过去。

胖和尚接过水桶和扁担就挑着下山了。小和尚和瘦和尚乐坏了："哈哈！以后不用那么辛苦地抬水了。"正在他俩高兴的时候，胖和尚挑着水摇摇晃晃地走回来了。两个人赶紧接过水桶，但他们刚把水倒进水缸里，就见胖和尚捧着水缸，一口气又把水喝完了。他从山下挑水到山上，出了一身汗，又渴坏了。

唉，刚挑的水又没了。三个人你看看我，我看看你，谁都不说话。

转眼天就黑了,可是他们还是没想到好办法。挑水吧,剩下的两个人就偷懒了;抬水吧,还是会剩一个人没事干。三个人想得脑袋都大了,还是没什么好主意,就坐在菩萨的塑像前各敲各的木鱼,谁也不理谁。

一天过去了,小和尚想去挑水,可一想:"为什么是我呢?我最小还最矮,我才不去呢!"

第二天又过去了,瘦和尚开始坐不住了,可是他才不想便宜小和尚和胖和尚,于是,他站了站又坐下来。胖和尚渴坏了,可是他就是不动。"我才没那么傻呢,看谁先撑不下去。"他心里暗暗嘀咕道。

转眼过去好几天了,菜园子里的菜都晒黄了,柳枝也渐渐干枯,香案上又落了厚厚一层灰。忽然,天空中打了一个响雷,小和尚一下子就跑了出来,接着瘦和尚、胖和尚也都出来了。他们举着水桶、水缸,希望能下点雨,他们都渴坏了。

可是,漫天的乌云不一会儿就被风吹散了,太阳公公又露出了笑脸。

三个人失望地坐在地上,尽管如此,他们谁都没有下山。他们可不想让另外两个人占了自己便宜。转眼又到了晚上,他们已经渴坏了,都有气无力地敲着木鱼。小老鼠吱吱地钻了出来,他们也没心情管那个小东西。

老鼠看到他们三个谁都不赶自己,胆子越来越大,三两下就爬到了香案上。只听啪的一声,烛台倒了,香案上的台布一下子

被点着了,火呼呼地烧起来。

三个和尚吓傻了,过了好一会儿才想起该用水灭火,可水缸里一滴水都没有。

到了这个时候,只见他们拿着桶飞奔着向山下跑去,再也不顾谁提的多,谁提的少了。胖和尚看见小和尚没什么力气,夺过他的桶就又下去了。

这样折腾到半夜,三个和尚终于把火扑灭了。小和尚满脸都是灰,黑黑的,就剩一双大眼睛在那滴溜地转着,瘦和尚和胖和尚看了都哈哈笑起来。以后的日子里,三个人都变得随和起来,再也不斤斤计较了。三个和尚都抢着去挑水,水缸一直都是满满的,再也没有空过。柳枝又长出了绿芽,菜园里的菜也长得越来越好。

宫女图

(汉族民间故事)

很久以前,在山东沂山脚下的一个小村庄里,住着一个穷老妈妈和她的儿子天台。天台是个机灵健壮的小伙子,每天都到很远的高山上去打柴,再卖给人家,以维持生活。

那年的雨季,一连下了好几天雨。因为没法打柴,生活成了问题。等雨稍停,天台就带着斧头上了山。不料刚到山上,天又哗哗哗下雨了。天台想,会不会发洪水呀,发洪水的话妈妈就危险了。正想着,手里的斧头滑落下来,嗵地掉在了一块大青石上。

没想到这大青石居然会动,大青石移开后,下面还坐着一个老妈妈。

老妈妈问:"是谁敲我的门?你要做什么呀?"

天台便对她说了心事:"老妈妈,我天天翻山越岭砍柴,今

天遇上下大雨,没法下山了。我家里还有一个老母亲,要是发洪水了,我没法回家,妈妈可怎么办啊?"

老妈妈听后,从身下抽出一个蒲团扔了上来,对天台说:"你只要坐上它,想到什么地方,就能到什么地方了。"说完,大青石重新移拢,老妈妈不见了。

天台坐上蒲团,果然马上升到了半空,一会儿就回到了家。从这以后,乘着这蒲团上山下山,天台打柴很方便。家里很快有了吃的穿的,生活好多了。

一天,天台对妈妈说,日子好过了,他想去外面见见世面,反正有了蒲团,来去挺方便的。妈妈问他想去哪里,天台说想去京城。妈妈同意了。

天台坐上蒲团,只一会儿工夫就来到了京城。

天台先在京城逛了一会儿街,接着就找到了皇帝住的紫禁城。天台一直等到晚上,才悄悄坐上蒲团,飞进了紫禁城。天台

从来没见过这么壮观的宫殿和美丽的花园。后来他来到一座宫殿的屋檐下,用手指轻轻捅开糊在窗户上的绢布,向里面望去。

只见一个非常美丽的宫女被关在屋子里。天台大吃一惊,正想走开,宫女忽然对他说:"我一年四季都被关在这儿,没有一点自由。好心人啊,请你把我救出去!"

天台当然愿意帮助她,可这该有多难啊!门窗关得非常严,到处都是巡夜的人,天台实在没有办法。宫女又说:"只要你把那张宫女图带出皇宫,就是救了我呀!"天台正想问那张宫女图究竟在哪里,身后已经传来巡夜人的脚步声。宫女慌忙躲了起来,天台也坐上蒲团升上了半空。

天台回到家,然后又坐着蒲团来到了沂山上。他把斧头扔向那块大青石,大青石又移开了,那个老妈妈又坐在里面问:"是谁敲我的门?你要做什么呀?"

天台回答:"是我。我想救紫禁城里那个可怜的宫女,求你告诉我,我怎样才能得到皇宫里的那张宫女图。"

老妈妈听完,说:"你得去蒙山上找白地仙。白地仙住的石屋是很难找的,只有找到那棵三丈长的茅草,用力一拉才能进去。要是白地仙睡着了,你可千万不要在那里等,他一睡就是一百二十年。你必须再到红沙河,去找黑鱼娘娘要那根神针。"老妈妈说完,立刻就不见了,大青石也挪回了原来的地方。

天台按照老妈妈的提示,坐上蒲团来到了蒙山。走遍高山峡谷,历尽千辛万苦,他终于找到了那棵三丈高的茅草,轻轻一

拉,便走进了白地仙居住的石屋。可惜白地仙睡得正香。

天台赶紧坐上蒲团,飞过九十九条河,最后来到了一条河底尽是红沙的河,这就是红沙河了。看见天台站在河边,有人劝他别在这儿捕鱼,因为那些黑鱼都是黑鱼娘娘的孩子。但天台仍用渔网捞,很多小黑鱼被他捞进网里。

平静的河水忽然旋转起来,越旋越高,狂风也扑面刮来。天台赶紧坐上蒲团,升得比最高的山还要高,风和水才重又平静下来。天台低头看去,只见一个戴金冠的黑鱼娘娘对着他喊:"只要你放了我的那些孩子,我什么条件都答应你!"

天台说:"我只要你那根神针,好让我去唤醒蒙山上的白地仙!"黑鱼娘娘从头上拔下一根白光闪闪的银针,扔给天台。天台也马上把渔网里的黑鱼放回红沙河。

天台得了神针,以最快的速度赶回蒙山,来到白地仙居住的石屋。白地仙还在那里睡大觉呢。天台举起神针,轻轻一戳他的胳膊,白地仙就醒来了。

白地仙说:"肯定是沂山上那个老妈妈让你来找我的!"

天台点点头,说:"是,我只求你帮我从皇宫里弄出那张宫女图。"

白地仙说:"好,那你得先在我的枕头上睡一觉,这样就会梦见我所做的一切事情。"白地仙把天台一推,天台枕在他的枕头上,很快睡着了。

天台梦见白地仙变成一只小白猫,跑进了京城,跳进了紫禁城。皇帝和皇后已经睡着。趁人不注意，小白猫悄悄拖出皇后的玉带，衔着它跳过好几道城墙，扔到城外面的一口枯井旁……梦做到这儿，天台醒来了。

天台一下子全明白了，他坐上蒲团又飞到了京城。

这时天已大亮，整座京城都在找皇后的玉带，大街小巷贴满了寻找玉带的黄榜。天台揭下了其中一张黄榜，官员带他去见了皇帝。

天台对皇帝说：“我知道玉带在哪里，它就在城外面的那口枯井旁。”官员赶紧去那儿找，玉带果然在那里。重新找回玉带的皇后非常高兴。

为了奖励天台，皇帝问他：“你愿意做官，还是愿意拿钱？”

天台坚决地说：“我只要你皇宫里的那张宫女图。”皇帝爽快地答应了他。

天台带着那张宫女图，坐着蒲团，飞回了家。他打开宫女图，那画上的宫女很快就活了，并从画上走了下来。原来就是那个请求天台救她的宫女！

后来，宫女和天台结婚了，他们幸福地生活在这沂山脚下的小村庄里。

宫女图

蛇郎

(汉族民间故事)

有一对夫妻,生下了七个女儿。前面六个女儿都长着一头美丽的头发,可第七个女儿的头上却没有头发。

一天,妻子对她男人说:"蛇郎的头上缀有很多花,你拿上斧头去砍吧。给大女儿、二女儿砍两朵金花,我只要一朵素花就行了。"

男人就去了,来到了蛇郎的窝里。他很快为两个女儿砍好了金花,但为妻子砍素花时,手中的斧头不小心掉进了蛇窝里。他赶紧请求蛇郎替他把斧头递上来,蛇郎不肯,说:"如果我把斧头还给你,你给我什么呢?"

男人说:"我可以给你送来一条看门好狗,我可以为你抓来一只抓鼠好猫,我还可以给你送来肥美的鸡和猪。"

但蛇郎不要这些东西，只要一个女孩当老婆。

男人回到家里，把七个女儿都叫到身边。妻子问他干什么，他说他的斧头不小心掉进了蛇窝，如果想把斧头要回来，就得送一个女儿给蛇郎当老婆。他要问一问自己的女儿们，有谁愿意去。

父亲一个接一个地问女儿们，前面六个女儿都嫌蛇郎身上有一股蛇腥气，不愿意去，只有第七个女儿愿意，但她要一把蛇郎的大梳子。

男人去了蛇郎那里，要来了一把大梳子。七女儿用这把大梳子梳头，竟然梳出了一头美丽的头发。

就这样，七女儿嫁给了蛇郎，蛇郎也把斧头还给了她父亲。

当了新郎的蛇郎，变成了一个高高大大的英俊汉子。

时间过得很快。有一天，二女儿想去看望嫁到蛇郎那儿的七妹妹，便一个人出发了。她走呀走，一路找过去。有人告诉她，再翻一道山梁爬一面山坡，揭开一片像房子那么大的牛粪片片，就是蛇郎现在的家了。二女儿依着做了，果然在那儿找到了自己的妹妹。

七女儿热情地接待了自己的二姐。过了一会儿，蛇郎回来了，七女儿赶紧把二姐藏起来。

蛇郎进了屋，发现屋里的气味不对，便问自己的妻子究竟有谁来过了。七女儿瞒不过，只得让二姐出来见蛇郎。蛇郎没有责怪她们，还同意二姐也在这儿住下来。

蛇郎

二女儿觉得蛇郎这人不错，于是想抢这个妹夫。

过了几天，蛇郎出去了。二女儿穿上七女儿的衣服裤子，问七妹妹她们像不像同一个妈妈养的，长得像不像。七女儿说："我们本来就是同一个妈妈养的嘛，当然长得很像。"

二女儿又戴上七女儿的耳环，问她两个人是不是更像了，七女儿说这样当然更像了。接着，二女儿拉着七女儿来到了一条河边，趁七女儿没防备，一下子把她推进了河里。

二女儿回到了蛇郎家，蛇郎以为她就是自己的妻子，可又觉得有点不对劲。他左看右看，十分怀疑，问："二姐哪里去了？"二女儿回答："二姐回自己家去了。"

蛇郎又问："你以前脸上没有麻子，现在怎么有了？"二女儿回答："我跟二姐在豌豆地里追来追去玩耍，我跌了一跤，豌豆硌在我脸上，留下了麻子。"

蛇郎还问："你以前脚不大，现在怎么这么大？"二女儿回答："我在路上跑丢了鞋，走路多了，脚就肿了。"听了这些话，蛇郎便相信了。

一天，蛇郎去河边饮马，河沿上站着一只鹦鹉，对他喊："她不是你妻子，她是你的二姨子！"蛇郎没在意。

第二天，蛇郎又去河边饮马，河沿上还站着那只鹦鹉，又对他喊："她不是你妻子，她是你的二姨子！"蛇郎觉得很奇怪，回去后告诉了二女儿。

二女儿说："它只是一只鹦鹉，用不着理它。"

可第三天,蛇郎再去河边饮马时,那只鹦鹉还是对他喊了那些话。蛇郎有点明白过来了,他对鹦鹉说:"乖鹦鹉,如果你不是我的妻子,就飞到对面的桥上去;如果你是我的妻子,就往我的衣服袖筒里飞!"

鹦鹉一下子飞进了蛇郎的袖筒里!

蛇郎把它带回了家。他对二女儿说,这是一只聪明的鹦鹉,要好好地喂它。

蛇郎出去了,二女儿在梳头洗脸。鹦鹉就开始大喊:"你拿了我的镜子,你拿了我的梳子!"二女儿气得直咬牙。蛇郎回来后,二女儿要蛇郎在水瓮里挑满水。蛇郎不知道她要干什么,便帮她挑了满满一瓮的水。

蛇郎又出去了,鹦鹉又开始对着二女儿大喊。二女儿捉住了鹦鹉,把它按在水里淹死了。蛇郎回来,发现鹦鹉已经死去,非

常伤心。趁蛇郎不注意，二女儿又把鹦鹉吃了，并把鹦鹉的骨头埋在了门口。

没想到，就在埋鹦鹉骨头的地方，很快长出一棵大枣树。每当二女儿经过那棵枣树，衣服裤子就会被树扯烂。树上飞起的那群黄蜂，还狠狠地蜇她。而蛇郎经过那棵枣树时，破衣服就会变新，身上还会多出金银财宝来。

二女儿气坏了，干脆砍了那棵枣树，将它做成了一条板凳。

谁知蛇郎坐下去没事，她坐下去，板凳上就会长出很多刺来刺她。

恼火的二女儿便把板凳塞进炉灶，把它烧了。

半夜里，蛇郎听见炉灶旁传来纺纱的声音，他起来一看，只见七女儿正含着眼泪，默默在那里劳动。这才是自己的妻子呢！他一下子全明白了。

蛇郎扑过去抱住了七女儿，七女儿却对他说："你现在别抱我，因为我还没有长骨头呢。你拿冬雪做我的衣服，拿梅花做我的脸，用花枝当我的骨头，放在我身上，我就可以变得与正常人一样了！"

蛇郎一一照办，果然，七女儿又变回以前那样了，甚至比以前更美丽。

蛇郎赶跑了恶毒的二女儿，从此，他与他的好妻子一起幸福地生活着。

望娘滩

（汉族民间故事）

川西平原上有一条河，河边上有一个村子。

很久以前，这里发生大旱，灼热的红太阳直晒得土地龟裂，堰塘见底，树木、禾苗通通枯死。

在这个村子里，住着一户姓聂的贫苦人家，老母亲聂妈妈带着一个十四五岁的儿子聂郎苦度光阴。旱年粮食无收，母子俩只得靠聂郎天天上山打柴、割草过活。

聂郎不仅在家听娘的话，与村里的小伙伴们处得也像是自家的兄弟姐妹一样，所以全村人都夸他是一个好孩子。

有一天清晨，鸡才叫头遍，聂郎就背着背篓上赤龙岭去割草了。他走得很快，因为昨天他听小伙伴长生告诉他，说地主周洪家新得了一匹雪花马，因为喜欢，每天要买许多最最新鲜的青草

来喂它。聂郎真想多打点草,好去换点粮食给母亲吃。

赤龙岭脚下有一条化龙沟,发春水时不仅沟里有鱼虾,岸边更是长满了嫩绿的水草。可现在呢,却旱得成了乱石坝,什么都没有了。

正发愁间,聂郎忽然觉得眼前白光一闪。

"嗨,是一只小白兔呀!"聂郎边说边追——他知道小白兔是要吃青草的,跟着它,说不定能找到最嫩的青草。

果然,在一座土地庙的背后,聂郎割到了一背篓新鲜的嫩草。

第二天,聂郎又去那儿割草。好奇怪啊,头天割过的地方,又长出了一片嫩嫩的青草。

聂郎觉得奇怪,想一探究竟。他先将土刨松,然后又将草连根拔起。没想到,那草根底下竟神奇地汪着一捧清水,那清水里又泡着一颗亮晶晶的宝珠。聂郎高兴坏了,他小心地捞起珠子,将它藏在怀中。

回家时天已黑透,娘正在厨房煮苞谷稀饭。还没等他从怀里取出珠子给娘看,原先昏暗的厨房便霎时被照得雪亮。于是,娘告诉聂郎说:"儿啊,这说不定是个宝物,你快把它放到咱家米缸里去吧!"

第二天一早,聂郎去看珠子。刚揭开米缸盖,他便激动得大声喊叫起来:"娘,快来看,咱家的米缸满了!"

真是颗宝珠啊!从此之后,将它放在米上米涨,放在钱上钱涨。聂郎家再不愁吃穿了。

而这个村子里的穷苦人家,也因为得到聂郎家的帮助,再也不愁吃穿了。

消息很快传到村里那个恶霸地主周洪的耳朵里。

周洪立即吩咐管家说:"快去,把那颗宝珠给我弄来,不管用什么办法!"

管家急急巴巴跑到聂家,先是说用钱买,见聂郎不肯,便又回家与主人合谋出一条毒计。说那珠子本是周家的传家之宝,现在被聂郎偷去了,若不交还,就准备派四个家丁,扛枪带刀,将聂郎捆到官府去法办!

聂郎的小伙伴长生在周家放马,他一听到这个消息,立马跑去告诉了聂郎,并劝他带着宝珠连夜逃走。

谁知他们母子还没出门,周洪的管家就已经带着家丁将他家团团围住了。

"聂郎,我命你快快交出我家主人的宝珠,否则休想活命!"

"管家,你别在这里仗势欺人,你说我偷了你家主人的传家之宝,有什么证据呢?"

管家理屈词穷,只得命家丁进屋去搜,没搜着,就又命家丁到聂郎的身上搜。

聂郎急中生智,一扭头就将宝珠吞到了肚中。

"不好了,不好了,聂郎将宝珠吞进肚子里去了!"家丁报告。

"给我打!"恼羞成怒的管家叫喊着,"不把宝珠从他肚子里打出来不算完!"

话音刚落,家丁便像疯狗一样扑过来,将聂郎打趴在地上。幸亏闻讯赶来的村民将恶管家和家丁轰走,否则聂郎早就没命了。

可怜的聂妈妈让村民将儿子抬到床上,自己日夜流泪守护着。

半夜,聂郎醒来,轻轻地喊着:"水,我要喝水……"

聂妈妈见儿子终于活了过来,高兴得赶紧递上一碗水。

谁知聂郎喝了一碗又一碗,最后竟伏在水缸边,咕嘟咕嘟几大口将一水缸的水喝光了。

"渴,娘,我还渴!"

"儿子,你怎么啦?水缸里的水都被你喝干了,你怎么还叫渴呢?"

"娘,我的心头就像烈火在燃烧,你就让我去河边喝水吧!"

聂郎话音未落,天上的一道金色闪电便劈了下来,照得满屋透亮,随后又滚过轰隆隆的雷声。聂郎翻身下床往屋外奔去,聂妈妈紧紧跟在他的身后。

只见聂郎冲到河边,一低头,像疯了似的喝起水来,咕嘟咕嘟,咕嘟咕嘟,眼看河水已被他喝掉一半,天上更是电闪雷鸣,吓得聂妈妈紧紧拉住聂郎的脚。聂郎掉转头来,聂妈妈一看,天哪!儿子变了,头上长了双角,嘴边长满了蓝须,颈上更有红鳞在闪闪发光。

"娘,你快放手,儿子要变成一条蛟龙,报这血海深仇!"

伴随着聂郎的喊声,天上的雷声更响,电闪更亮,狂风大作,暴雨倾盆,河水很快就涨了起来。

恶霸地主周洪亲自带着家丁举着火把追来了。他要抓住聂郎,剖开他的肚子,取出宝珠!

被迫吞了珠子的聂郎为了报仇,此时已在河边变成了一条赤色龙:"娘快放手,你儿子报仇的时刻到了!"说完一摆龙尾,往河中滚去,河面立即掀起万丈波涛。

恶霸周洪在河边凶狠地逼聂妈妈交出儿子。

聂妈妈说:"好你个周贼,把我儿子逼下了河你还不甘心吗?那就让我的儿子跟你说话吧——儿啊,你的仇人来了,你可要为娘报仇雪恨哪!"

就在周洪飞起一脚踢向聂妈妈的时候,天上划过一道白色闪电,伴随着哗喳一声焦雷,那河水卷起的波涛便像千军万马一般,霎时就将周洪他们通通扫进河水中淹死了。

说来也怪,不一会儿就风平浪静了,天也渐渐亮了。聂郎在水中抬头向妈妈告别:"娘,你多保重,儿要去了!"

"儿啊,你什么时候才能回来呢?"

"娘,我将随着河水流向大海,从此往后,咱娘俩就将是人海两隔。等儿回家,只怕是石头开花马生角了……"

聂妈妈一听,就知道儿子再也不可能回到自己身边了,她悲伤地站在一块大石头上,喊着:"儿啊!儿啊!"聂郎游在水中,听娘喊一声就抬起头来望娘一眼,那望娘的地方就立时变成了一个滩。聂妈妈连喊了二十四声,聂郎也仰头望了娘二十四次,于是,那地方就变出了二十四个滩。

后来,人们就给它们起了一个好听的名字:望娘滩!

神奇的红石榴

（汉族民间故事）

很多很多年以前，有一对没了父母的小哥儿俩。

他们住在一间十分破败的茅草房里，穷得什么都没有了，只有爷爷传给他们的一头老黄牛，以及叮在老黄牛身上吸血的一只小牛虻。

弟弟很爱这头老黄牛，天天上山割草喂它。

可是有一天，哥哥突然对他说："弟弟呀，你长大了，翅膀也硬啦，咱们分家吧！"弟弟想，家中什么都没有，分什么家呀？见弟弟半天不搭话，哥哥又说了："弟弟呀，独立成家是件好事，你有什么可犹豫的？"

见哥哥是铁了心要分家，弟弟也只得同意了。但是家里只有一头老黄牛，怎么分呢？总不能一人分两条腿吧？

没想到哥哥早有主意了,他说:"弟弟呀,咱俩来拉牛,看它跟谁走就归谁。这么着,我比你大,是你的哥哥,当然得在前面拉它的鼻子;你呢,就拉它的尾巴。"

结果可想而知,哥哥自然达到了他想独霸黄牛的目的。

弟弟呢,很可怜,除了家中剩下的那只牛虻,什么都没有得到。

从此以后,弟弟就只能和那只牛虻相依为命了。

但弟弟与那只牛虻也没相处多少天。中秋节那天,弟弟带着它去舅舅家做客,光顾坐着聊天了,也不知道牛虻是什么时候飞到院子里去玩的,恰巧被舅舅家养着的一只小公鸡一口吞进肚子里去了。

"牛虻啊,我的牛虻!"弟弟边喊边伤心得呜呜大哭。舅舅没办法,只得将那只小公鸡给了弟弟作为赔偿。

呵呵,那只小公鸡可真漂亮,头戴紫金冠,身披金黄袍。弟弟抱着它回了家,从此与它相依为命,一个走到哪儿,一个就跟到哪儿。

可是好景不长,那年冬天下大雪,雪下得可真大——下到半夜的时候竟将弟弟住的茅草房咔嚓一下压塌了。弟弟只好抱起小公鸡往邻近的一位老公公家去躲避。

没想到那老公公家养着一只小黄狗,它一看见弟弟家的小公鸡就猛扑过来。结果呢,弟弟还没来得及去救,那只可怜的小公鸡就已经被咬死了。

弟弟伤心得呜呜大哭。老公公安慰他说："孩子，别伤心。你就把这只小黄狗带走吧。它很聪明的，什么都会做，就让它与你做伴吧。"

转眼到了第二年开春，家家户户开始忙碌起来，耕田的耕田，播种的播种，只有弟弟一人在家默默流泪。

小黄狗像是知道主人的心思，它先是低头拱拱小主人的脚，接着又抬头说起话来："你愁什么呢，是担心没有老黄牛帮你耕田吗？不要紧，没有大黄牛还有小黄狗嘛，我会帮你耕田的。"

弟弟半信半疑，第二天就带着小黄狗去耕田了。

还别说，那小黄狗耕起田来真的比黄牛还快，噌噌噌，它耕了一趟又一趟，倒把跟在后头的弟弟累得够呛！

小黄狗会耕田的消息不胫而走，很快传到了哥哥的耳朵里。因为老黄牛真的是老了，老得都耕不动田啦！所以，哥哥就牵着老黄牛来找弟弟了，说："弟弟呀，以前是哥哥不对，这回哥哥把老黄牛换给你，你让小黄狗去为哥哥耕田吧！"弟弟当然是争不过哥哥的，小黄狗就只得跟着哥哥去了。

第二天天刚亮，哥哥就带着小黄狗下田了——他想一天就把自己家的田耕完呢。可是，任凭哥哥怎么挥动竹鞭，那小黄狗就是不耕田。哥哥气疯了，他扔掉竹鞭，拿起一根木棒，当头就向小黄狗砸下去，嘴里还骂着："小畜生，你到底耕不耕田？！"可怜的小黄狗，一下就被打死了。

弟弟一看小黄狗被打死了，伤心得呜呜大哭。

哭完,他将小黄狗好好地埋了起来,还在它的坟上种了棵石榴树。

弟弟天天为小石榴树浇水、施肥、除虫,不几天,树上就结出了好多火红火红的石榴。

一天早上,弟弟见一只红石榴掉在了地上,他就小心地将它捡起来捧在手里。

忽然,那石榴竟在他手上裂开了。

他赶紧小心地将它放到地上。啊!做梦都想不到,那石榴竟又很快变成了一座漂亮的房子,而且,房子里什么家具都有,就等着弟弟搬进去住呢。

弟弟又惊又喜，但他首先想到的是别人。他跑去与哥哥商量说："哥哥，我想把这些会变房子的石榴都分给村里没房住的穷人，你看咋样？"

哥哥一听，胡子都气歪了，说："你神经病啊，将这些宝贝送给穷人做什么，我们不会自己当主人啊？"

但不管哥哥怎么骂，弟弟的主意也不改。这可把哥哥急坏了。于是在一个黑夜里，他背着一只麻袋，将一只只宝贝红石榴通通摘了下来。

"哈哈，这回我可是最最有钱的大财主了！"哥哥心想。

然而，他高兴得太早了。当他把石榴背回家，并拿出一只放在手上的时候，只见石榴裂开处，飞出来的不是新房，而是一只小牛虻。那牛虻飞到哥哥脸上，狠狠地叮了他一口，直疼得他哭爹喊娘。

"呸呸呸，这只石榴不吉利，说不定新房子在下一只里。"

说完，他伸手掏出第二只石榴，等石榴裂开，这回变出来的既不是新房子，也不是牛虻，而是一只小公鸡。

这只小公鸡三跳两跳，跳到哥哥的腿上狠狠地啄了几口，哥哥疼得又一次哭爹喊娘。

"呸呸呸，这只石榴也不吉利，让我再看看第三只，这回一定要让它变出漂亮的房子！"

他又从麻袋里摸出了一只红石榴。当石榴慢慢裂开的时候，还是没有变出漂亮的房子，这回蹦出来的竟是那只被他打死的小

黄狗。

面对汪汪大叫的小黄狗,哥哥吓得魂飞魄散:"啊啊啊,它这是来要我的命了啊!"大叫三声之后,哥哥彻底昏了过去。

半天之后,哥哥才慢慢醒过来,眼前的红石榴一只都不见了,耳朵边倒总是响着一种嘲笑的声音,不用说,那自然是小牛虻、小公鸡和小黄狗合唱的一支曲子了。

老鼠嫁女

（汉族民间故事）

很久很久以前，一对年迈的老鼠夫妇住在阴暗潮湿的洞里。眼看着自己如花似玉的女儿一天天长大，夫妻俩想给自己的女儿找一个最好的婆家。

于是，老鼠夫妇一起出门求亲。

刚一出门，看见了天空中雄赳赳的太阳，它们琢磨着："太阳是世间最强大的，任何黑暗鬼怪都惧怕太阳的光芒。女儿嫁给太阳，不就是嫁给了光明吗？"

太阳听到老鼠夫妇的请求，说："我不像你们说的那样强壮，乌云可以遮住我的光芒。"

老鼠夫妇听了，觉得它说得有道理。

于是它们来到乌云那里，向乌云求亲。乌云苦笑着回答：

"尽管我可以遮住阳光，可是只要一丝微风，就可以把我制服。"

老鼠夫妇便又找到了风。风笑道："我可以吹散乌云，可是只要有一堵墙就可以把我制服。"

接下来可想而知，老鼠夫妇又找到了墙。墙看见它们，露出恐惧的神色："在这个世界上，我最怕你们老鼠。即便再坚固的墙也抵挡不住老鼠打洞，直至崩塌。"

老鼠夫妇自言自语地说，原来还是咱们老鼠最有力量。那我们老鼠又怕谁呢？对了！自古以来老鼠最怕猫！就把女儿嫁给花猫吧。

这次，老鼠夫妇找到了花猫，坚持要把女儿嫁给花猫。花猫哈哈大笑，满口答应下来。

迎娶的那天，老鼠们用最隆重的仪式送最美丽的女儿出嫁。第二天，老鼠夫妇一起去看女儿，意想不到的事情发生了——女儿不见了！夫妇就问花猫。花猫说："我怕别人欺负她，所以一口把她藏进肚子里啦！"

七兄弟

（汉族民间故事）

相传在我国古代，在高山下面的大海旁边有一个村庄。村里有一个老汉，他有七个儿子。

七个儿子长得又高又大，又粗又壮。老大叫大壮实，老二叫二刮风，老三叫三铁汉，老四叫不怕热，老五叫五长腿，老六叫六大脚，老七叫七大口。

一天，老汉对七个儿子说道："我们村左边是高山，右边是大海，出门太不方便了，你们把它们搬远一点吧。"

七个儿子答应着出去了。过了一会儿，老汉走出去一看，海也望不到了，山也不见影了，四周尽是一马平川的土地。接着，老汉又对七个儿子说道："这样的好地，哪能叫它闲着，你们在这上面种上些五谷杂粮吧。"

七个儿子答应了,就动手耕种起来。

过了些日子,土地上长满了一眼望不到边的好庄稼,快熟的麦子沉甸甸,齐腰高的谷子金闪闪。

老汉和七个儿子都欢喜得不得了。

然而,过了不久,京城里的皇帝也知道了这个好地方,就派大臣拿着圣旨来催皇粮。

老汉听了,不禁叹了一口气,对七个儿子说:"孩子们,咱们不要打算过好日子了,皇帝的肚囊是个填不满的枯井呀!要是服从了他,就要给他当一辈子牛马。"

七兄弟听了老汉的话,自然都很生气,一齐说道:"爹,不用怕,我们弟兄七个进京去和皇帝讲理。"

七兄弟还没走到京城,守门的大将军老远就望到他们了,吓得连忙关紧城门,爬到城门楼子上躲了起来。

当他们到了城门跟前,老大大壮实喊道:"开门呀,我们弟兄七个是进京来跟皇帝讲理的!"

大将军躲在城楼上,哆哆嗦嗦地说道:"庄……庄户人怎……怎么能跟皇帝讲理!"

大壮实一听火了,伸手一推,城门和城楼竟然立刻倒了,顿时尘土扬天,砖石乱滚,大将军也被砸死了。

七兄弟又往里走,到了午朝门外,只见午朝门关得严丝合缝。二刮风说:"大哥,你先歇歇,我去叫门。"

他提起嗓子大声地喊道:"开门呀,我们弟兄七个要进去跟皇帝讲理！"

二刮风叫了好几声也没人答应，他一生气，喷出一口气来，顿时刮起狂风，午朝门和门两旁的盘龙石柱一下子就被吹倒了。

七兄弟到了大殿前，三铁汉向前一走说："你们先歇一会儿，我去跟皇帝讲理！"皇帝慌忙说道："庄户人怎能和我皇帝讲理，快些推出去斩首！"

三铁汉听了，笑了一声说："先给你个胳膊试试看！"他举起胳膊，朝一个武将伸过去，正碰在明晃晃的刀刃上，只听砰的一声，火星乱冒，刀马上四分五裂了。

皇帝吓得从龙椅上滚了下来，几个大臣好不容易才把他架回了后宫。

皇帝见用刀杀不了七兄弟，就连声吩咐点火去烧。

一眨眼的工夫，许多火球冒着浓烟滚到了七兄弟的眼前。老四不怕热说道："你们先到后面歇一歇，这次由我来招架吧。"他一脚踏着一个火球，冷笑了一声说道："我还冷，这点儿火太小了。"

皇帝又吩咐兵将，把七兄弟推到海里淹死。

五长腿听了，说道："不用你费事啦，我正想洗个澡。"说着，他只几步就迈进了大海，而海水只没到了他的脚脖子。他摇摇头说道："这水太浅了，没法洗澡啊。"

兄弟们见老五好长时间没回来，六大脚说道："我去把他叫回来。"他一脚就踏到了大海边，冲着五长腿说道："五哥，正

事还没说完,你怎么还不回去?"六大脚话还没说完,七大口也赶来了。他不耐烦地说:"跟皇帝怎么能讲理?讲理他就不是皇帝了。"说完一口就把大海里的水喝干了。

然后,七大口回过头来,又一张嘴,把海水从嘴里一股脑儿地喷了出来。海水翻腾着向皇宫冲去,冲倒了层层高墙,把皇帝和文官武将都淹死了。

鲤鱼跳龙门

（汉族民间故事）

很久很久以前，民间就有"鲤鱼跳龙门"的说法。

黄河鲤鱼世代都生活在龙门山之北，它们很早就听说龙门山南边的风景特别好，都想去看一看。可是，挡在它们面前的龙门山却有万丈高，没有山路，也没有水路，怎么过去啊？鱼儿们不得不摆尾回游。

途中，猛然间窜出一条亮闪闪的红鲤鱼，它高声喊道："难道我们黄河鲤鱼一辈子就只能困在龙门山之北吗？不，我要跳龙门！"

"跳龙门？这座山连鸟儿都飞不过去，你竟然要跳过去？你不知道摔下来会粉身碎骨吗？"众鱼吃惊地对它说。

"不试怎么知道不行？"红鲤鱼坚定地说，"我偏要跳！"

正说着，只听一声巨响，一根水柱直冲云霄，红鲤鱼的身影掠过了龙门山顶，朝着山那边跃去！

天庭被惊动了，急派火神前来堵截。

红鲤鱼被火神击退，它浑身起火，尾巴几乎烧掉了！围观的鱼儿吓得心惊肉跳，东躲西藏。

但红鲤鱼没有放弃，它忍住剧痛，不畏艰险，勇往直前！

此刻，天昏地暗，电闪雷鸣，红鲤鱼一次次地跃起，黄河水被它掀起了万丈巨浪！哗哗！浪涛声响彻天际，仿佛在警告红鲤鱼，逼它知难而退！

一而再，再而三，红鲤鱼不屈不挠，越战越勇，最终，它把握时机，奋身一跃，越过了龙门山，消失不见了。

"它一定是摔死了！唉，真可怜！"

"这是我们的命，它偏不信，太可惜了！"

就在众鱼连连叹息之时，天空忽然闪出一道亮光，一条巨龙破云而出："伙伴们，别害怕！我就是跃过龙门的红鲤鱼。因为我跃过了龙门，所以变成了龙，你们也勇敢地跳过来吧！"鲤鱼们受到鼓舞，开始挨个儿跳龙门山。

就这样，跳过去的鲤鱼变成了龙，没有跳过去的，从空中摔下来，额头上就落下了一道黑疤，但是没有一个停下来。直到今天，这些长着黑疤的鲤鱼还在不停地跳跃，想翻过那座高大的龙门山呢！

八仙过海

(汉族民间故事)

相传,每年的农历三月初三是王母娘娘的生日,各路神仙都要到蟠桃宫,向王母娘娘祝寿、拜贺。

这一天,蟠桃宫里仙乐飘飘,神仙们驾着彩云纷纷到场。王母娘娘十分高兴,命众仙女引各路神仙入座,用仙酒、仙桃招待大家。

在众多来宾中,八仙最引人注目,他们是铁拐李、汉钟离、蓝采和、张果老、何仙姑、吕洞宾、韩湘子和曹国舅。八位神仙各有道术,法力无边,在人间惩恶扬善,为百姓做了很多好事。

宴席结束,八位神仙辞别王母娘娘,回去时驾云经过东海上空,只见一片白浪滔天,波涛汹涌,煞是壮观。

这时,吕洞宾灵机一动,说:"驾云过海,不算仙家本事。

咱们不如拿出各自的法宝,各凭本事过海,你们看这样好不好?"

大家都齐声说:"好啊!"

铁拐李第一个拿出法宝。只见他把手中的拐杖往东海一抛,拐杖像一叶扁舟,轻轻浮在海面上。铁拐李往上一跳,稳稳当当地落在了上面。

众位仙家一看,齐声赞道:"好本领!"

这时,汉钟离拍了拍手里的响鼓也说道:"看我的!"随手也把响鼓扔进了海里,他盘腿坐在鼓上,一副老僧模样。

张果老笑眯眯地说:"还是我的招数更高明。"只见他掏出一张纸来,折成一头毛驴,纸驴四蹄落地后,仰天长叫。张果老倒骑在驴背上,向众仙挥挥手,踏浪而去。

吕洞宾则不慌不忙地从背后抽出拂尘来,向海中一指,顿时霞光万道,海水分成两半,让出一条宽敞大道来。只见吕洞宾微微一笑,悠悠然向路尽头走去。

韩湘子见状,也不甘示弱。他从怀中掏出一本书来,随手抛到海中,自己腾空而起,单足站在上面,随后又取出箫管,吹起悠扬的曲子来。

曹国舅呢,此时取出了自己的法宝玉简板,飘然而上。

这时,只有何仙姑与蓝采和两人还没有动静。

只见蓝采和取出花篮放进海中,花篮顿时变大了好几倍,花香扑鼻。他回头一见何仙姑没拿任何法宝,就问:"仙姑,是否

愿意与在下一同渡海？"

何仙姑微微一笑，说："多谢阁下厚意，你尽管先行，我随后就到！"说着，从头上取下一朵荷花放入水中，那荷花霎时就变成了一条荷花船，载着何仙姑缓缓飘过海去。

就这样，八位神仙凭着各自的法宝安然过海，这与腾云驾雾有很大的不同，别有一番情调。大家各显神通，玩得不亦乐乎。

哪吒闹海

(汉族民间故事)

从前,有一位名叫李靖的大将军,皇帝派他镇守东海边的陈塘关。

李靖的夫人怀孕三年,生下来的却是一个大肉球。李靖以为是怪物,拔剑劈开肉球,一个活泼可爱的小男孩竟从里面跳了出来。后来,神仙太乙真人给小男孩取名哪吒,并收哪吒为徒,送给哪吒一个乾坤圈、一条混天绫。

转眼之间,七年时光过去了,哪吒已经七岁。这年夏天,天旱地裂,禾苗都快枯死了,东海龙王却一滴雨也不下,还经常去村里抓童男童女。哪吒看在眼里,急在心中,心里直想着有一天要好好收拾一下这个坏蛋。

这一天,哪吒去海里游泳,混天绫把海水搅得像开了锅,龙宫一个劲地晃悠。龙王赶紧派夜叉前去察看。夜叉一看是个小毛孩，不问青红皂白上去就打。不料哪吒把乾坤圈一扔，正中夜叉的脑袋，夜叉一下就被打死了。

龙王三太子敖丙赶来，卷起巨浪向哪吒扑去。哪吒立即跳到半空。海浪漫过海堤，顿时淹没了海边的一个渔村。

哪吒厉声喝道："你是什么人，敢这样胡作非为？"敖丙傲慢地说："我是东海龙王三太子。你搅翻龙宫，打死夜叉，我现在就要你的命！"

敖丙说完，举枪就刺，还卷起一阵又一阵的巨浪扑向哪吒。巨浪把海边的许多村庄都淹没了，村里人纷纷四散逃命。哪吒急了，用混天绫缠住敖丙，随后又抛出乾坤圈，一下子就把敖丙打死了。

听说自己的儿子被打死了，龙王又气又急地赶到陈塘关将军府，恶狠狠地让哪吒偿命。

谁知，哪吒却对龙王说："是你儿子不讲理。他要杀我，还发大水淹了好多村庄。我让了他好几次，不小心用乾坤圈碰了他一下，他就没气了。"龙王咬牙切齿地说："说得倒轻巧！我现在就要你的命，为我儿子报仇！"

刹那间，龙王摇身一变，化作一条巨龙，张牙舞爪地向哪吒咬去。哪吒拿出乾坤圈，打在龙身上，疼得龙王直打滚，连喊"饶命"。

哪吒见他求饶，这才放了他。

但龙王一逃回去，就请了南海、北海、西海的三位龙王带着虾兵蟹将，翻滚着巨浪，向陈塘关扑来。

海浪翻过城楼，淹没了城里的房屋。

眼看着海水越升越高，再这么下去，陈塘关的百姓都会葬身水中。哪吒再次挺身而出，对东海龙王大喊："打死夜叉的是我，打死太子的也是我，把你打倒在地的还是我，跟陈塘关的百姓没关系。你放过他们，我给你儿子偿命！"说完，他抽出宝剑就自杀了。

四海龙王一见哪吒死了，也就收回了大水，退兵回去了。

听说哪吒死了，哪吒的师父太乙真人急了，他用荷叶、荷花、嫩藕拼凑出人形，又施仙法把哪吒的魂魄放进去，救回了哪吒，还给了他一支火尖枪和两只风火轮。

有了这几大法宝后，哪吒降妖伏魔更方便了。

嫦娥奔月

（汉族民间故事）

很久很久以前，天上突然出现了十个太阳，而且它们从来不落山。

这十个太阳太厉害了，大地被烤得直冒烟，树木和庄稼纷纷枯萎，人们又渴又饿，眼看着也活不下去了。

这时，出现了一位力大无穷的英雄。他登上高山，拉开神弓，一口气射下了九个太阳。他的名字叫大羿。

大羿命令最后一个太阳必须按时起落，不许再祸害百姓。太阳非常害怕大羿再射它，立刻答应了。

大羿射下太阳，立下盖世神功，受到百姓的尊敬和爱戴。很多人找他拜师，想跟他学习武艺。大羿收了不少徒弟，这其中，就有个名叫逢蒙的坏人混了进来。

一次,大羿到昆仑山拜访朋友、学习本领,正巧遇见了路过的王母娘娘。大羿向王母娘娘求来了灵药。只要吃下这种灵药,就能升天成为不死的神仙。

大羿拿到药后左思右想,怎么也舍不得抛下妻子嫦娥独自升仙,便把灵药带回了家,让嫦娥把仙药藏在百宝匣里。他们说这件事情时,逢蒙一直躲在门外偷听。

八月十五这天,大羿带着徒弟们外出打猎,逢蒙假装生病,留在了家里。

看大家走远了,逢蒙立刻闯进后院,逼嫦娥交出灵药。嫦娥知道自己不是他的对手,但又不能把药给他,于是冲进屋里,打开百宝匣，一口吞下了灵药。很快，嫦娥的身子飘了起来。她离开地面，冲出窗口，向天上飞去。

因为牵挂大羿，嫦娥落到月亮上，每天可以看到地上的大羿，却再也没法回来。

回到家里的大羿，听说了白天发生的事情，又惊又怒，立刻去找逢蒙算账，但他已经逃走了。

失去了嫦娥，大羿悲痛欲绝，他仰望夜空呼唤妻子。这时他发现，今天的月亮格外圆、格外亮，而且仿佛有个身影就在上面晃动。啊！那不正是妻子嫦娥么？于是，他派人在后花园摆上香案，并放上妻子平时最爱吃的食物，以此怀念月宫里的嫦娥。

百姓听说了嫦娥奔月的事情，也纷纷在月下摆设香案，祈求吉祥平安。从此，八月十五中秋拜月就在民间流传开来，成为习俗。

沉香劈山

(汉族民间故事)

在陕西华山的西峰顶上,有一块被截成三节的巨石,巨石旁竖立着一块石头,与斧头非常相像。相传,这里就是沉香劈山的地方。

传说在很久以前,在华山住着一对神仙兄妹。哥哥叫二郎神,是守山神;妹妹是三圣母,拥有镇山之宝宝莲灯。

这三圣母早厌倦了枯燥的神仙生活,想去人间看一看。一天,三圣母趁哥哥二郎神不在,偷偷来到凡间。在凡间,她认识了赴京赶考的书生刘彦昌,二人情投意合,结为夫妻,过上了美满幸福的生活。

这件事很快被二郎神知道了,他认为妹妹这样做,触犯了天规,不由得大怒。

二郎神调来天兵天将,来到人间将三圣母抓了回去,并把三圣母压在了华山脚下。不久,三圣母生下了一个男孩,取名沉香。由于害怕哥哥会加害自己的孩子,三圣母偷偷地委托朝霞仙子把小沉香送到孩子父亲刘彦昌那里。

时光如梭。几年之后,小沉香慢慢长大了,他开始追问自己的母亲在哪里。

在沉香的再三追问之下,父亲刘彦昌道出了实情。

沉香听了,心里又难过又气愤,恨不得马上就去解救自己的母亲。于是,沉香独自离家,想找到母亲。他历尽千辛万苦,终于走到了华山。

可是母亲在华山的哪个地方呢?

沉香不知所措，不由得放声大哭起来。哭喊声在空谷回荡，惊动了路过此地的霹雳大仙。好心的大仙将沉香带回了自己的住所。

几年后，在大仙的点化下，沉香练就了一身好武艺。有了这身好武艺，沉香决定救出母亲。

十六岁生日那天，沉香辞别了大仙，向华山奔去。霹雳大仙则暗中用法术驾起云朵，保护沉香。

正在沉香匆匆赶路时，突然一只猛虎向他扑来。沉香三拳两脚就把猛虎打倒在地。奇怪的是，老虎竟然变成了一个面团，沉香正觉得肚子饿，就一口气把老虎面团吃了下去。他顿时感到力量大增，便迈开双腿，继续大步向前赶路。

正走着，一条飞龙又向沉香飞来。他抡起胳膊，把飞龙抓在了手里。一道亮光闪过，飞龙变成了一把神斧。

沉香大笑道："太好了，有了这把神斧，我就能劈开山石，救出妈妈了！"

沉香找到舅舅二郎神，求他放出母亲。可是二郎神根本不听沉香的话，挥刀就砍。

沉香便抡起神斧，与他打起来。两人刀来斧往，直打得山摇地动，天昏地暗。这件事惊动了太白金星，他派了四位大仙去查探究竟。

四位大仙在云端看了好一阵，觉得二郎神身为舅舅，却如此凶狠地对待外甥，太无情无义了。于是相互使了个眼色，暗中助沉香一臂之力。

沉香越斗越勇，越战越神，二郎神再也招架不住，只得落荒而逃。

沉香立即飞回华山，举起神斧，奋力猛劈。只听得轰隆隆一声巨响，华山裂开了，三圣母终于从山下走了出来。整整十六年啊，受尽苦难的三圣母才重见天日！她百感交集，泪流满面，与儿子紧紧抱在一起。

后来，二郎神也向三圣母、沉香认了错。从此，沉香一家幸福地生活在一起。

董永和七仙女

（汉族民间故事）

董永很小的时候，母亲就去世了，是父亲把他养大的。

父子俩相依为命，日子过得很清贫。后来董永慢慢地长大了，父亲却变得体弱多病，不久就去世了。

董永哭了好几天，没吃没睡。他越想越觉得是自己的错，没照顾好父亲。

乡亲们都劝董永，赶紧挑个日子让父亲入土为安吧。

第二天，董永心想："爹好不容易才把我养大，我不能做不孝之人，得想办法安葬他老人家啊。"于是董永决定卖身葬父，为地主傅长者当佣工。傅长者让家丁取出一千贯钱给了董永，说："今天这钱就算是我给你的，你不用在我这儿当佣工了，回去好好安葬你的父亲吧。"

可董永说什么也不愿这样平白无故地接受傅长者给的钱,最后傅长者说:"那等回去安葬了你父亲,再来当三年佣工吧。"董永很快选好了日子,雇人抬着棺木去安葬父亲。办完葬礼后,董永又在父亲的坟前守了整整三天三夜。

董永卖身葬父的事儿不仅在凡间一传十、十传百地传开,而且还被太白金星传到仙界去了。

玉皇大帝听说后,被董永的孝心感动,他马上命太白金星传旨选仙女下凡帮董永。

再来说董永,他第二天一大早就起床收拾东西,准备上傅长者家去。

刚出了村口,董永就发现前面有一棵大槐树,心里非常纳闷。他揉了揉眼睛再看,还是有一棵大槐树。他边走边嘀咕:"我在这条路上,不知已来来回回走了多少趟,从没见过还有一棵大槐树啊!"其实那棵大槐树正是太白金星给变出来的,他来送仙女下凡,也顺便帮帮董永的忙。

董永本想走到大槐树那儿坐下歇会儿,忽然发现有一位年轻貌美的女子坐在树下,就不好意思过去了。董永正犹豫着是坐还是走呢,就见那女子站起来,向他道了个万福,他也就只好拜揖回礼。

董永抬头看着那女子,小声问道:"不知姑娘是何方人氏,为何在此?"女子轻声答道:"我是张家女,本住在张家村,可怜我父母早丧,举目无亲,因而流落至此。"

话还没说完，女子就伤心地掉起了眼泪。

董永见状，忙上前安慰，可又想起自己的身世，同是天涯沦落人，也开始掉起了眼泪。

女子问董永，为何如此伤心。

董永就把自己卖身葬父的事告诉了女子。听完董永的话，女子想了想说道："你我二人真是同病相怜啊，现在我自己真的是难以维生，想要嫁给一个好心人。我愿意与你结为夫妻，不知你是否答应？"

董永一时不知该怎么办，说自己正要去当佣工还债呢。

女子就接着说，她并不嫌弃董永穷，愿意跟着他一起到傅家还债。不管董永怎么推托，女子都表示愿意与他成亲，同往傅家还债。

董永觉得奇怪，心里暗暗想："这是为什么啊？既没有官府逼迫，又没有父母催促，更别提贪图富贵，她为何一定要嫁给我呢？还得跟着我平白无故地受委屈，这难道就是老人们说的前世注定？"

董永无话可说，只好答应。

二人正要接着赶路，董永突然又说道："你我成亲，总得有个媒人啊，否则怎么跟外人说起呢？"女子想了想，一指那棵大槐树："何不让这棵大槐树做个媒呢？"二人便在这槐树下行礼成亲了，大槐树竟也高兴地晃动着它的枝叶。

傅长者是个仁义之人，见董永再次到来，从心里感到高兴，

因为他觉得董永是个信守承诺的好青年。

见董永身后还跟着一名年轻女子，傅长者就问了起来。还没等董永开口呢，女子就上前施礼说道："董永是我丈夫，我愿与他一起当佣工还债。"

"那你有何才能？"傅长者问道。女子马上说："我什么都会干，而且善织绸绫锦绢。"

女子向傅长者要了丝和织机，可她白天并不织锦，总是等到晚上才动工。整整三个月，女子织出了三百匹锦缎，还完了董永原本三年才能还完的债务。傅长者也没细看，就对二人说道："看你们夫妻二人如此恩爱同心，令人感动啊！你们在我这儿再多住些日子吧，然后拿些银两，回去好好地过日子。"

眼看快要到一百天了，女子着急要走。

董永并没有怀疑，出了傅家的门后他还对女子说道："谢谢娘子的大恩大德，以后我一定会好好待你的。"

董永走在前，女子跟在后。

可女子满腹心事，只觉得举步难行，耳边又听得太白金星催她回天庭，就愈发难过。董永喊道："娘子你看，前面就到那棵大槐树了。咱们就到那里歇息吧。"

二人又来到了槐树下，董永赶忙上前拜谢大槐树。他边拜边说："大槐树啊，大槐树啊，我真要好好谢谢你。多亏你做了好媒，让我有了贤惠的娘子，她还帮我还完了三年的债务。多谢多谢啊！"

女子却低着眉头对董永说:"可从今天起,咱俩的缘分就要尽了,我十分舍不得,所以很烦恼。"

"娘子啊,咱们的好日子就要来了,怎么说缘分已尽?这……你真是在胡言乱语吧。"董永着急了。

"事到如今,我就不瞒你了。我本是天上的七仙女,玉皇大帝见你孝顺,才命我下凡来帮你还债,但一百天后就得回天庭去。今日,正是你我相见的第一百天……"

女子还没说完,董永就抢着说:"娘子,当日你我槐树下相见,是你亲口许我与你做夫妻,本指望着以后夫妻和美,哪料到今日就要分离了。"

说完,董永忍不住哭了起来。

女子说道:"玉皇大帝只是暂时让咱俩做夫妻,为的是帮你还债。我也不想撇下你,只是我不能违抗天命呀。"

董永生气地说:"我不求大富大贵,只求能和娘子一起生儿育女过日子就行。娘子,你能不能不回天庭去?"

"你若能让这槐树答应你,我就不回去了。"女子说着转过了身。

董永连忙喊起来,但任凭他怎么喊,连喉咙都喊破了,槐树也没答应他。女子则不停地回头张望,最后也只能随太白金星乘云而去,返回天庭。只留下董永一个人,站在槐树下黯然神伤。

花木兰从军

（汉族民间故事）

古时候，有个名叫花木兰的姑娘，从小学了一身高超的武艺。她的父亲十分喜爱她，总是称赞她有男子汉气概。那时，边关经常发生战乱，朝廷每年都要征兵，在木兰所在的村子，好多壮丁都被抓去打仗了。

由于战事连年不断，很多男子都战死在沙场上。

一天，官兵又一次来到木兰的村子征兵。当时，木兰正在织布，突然听见一阵急促的敲门声，木兰忙放下手中的活儿，打开门一看，是几个官兵。他们交给木兰一份文书，说："朝廷下令，每家每户必须出一名壮丁入伍抗敌，明天早上在村口集合。"说完，他们就走了。

木兰就把征兵的事告诉了姐姐，姐妹俩也不知道该怎么办才

好。她们把这件事情告诉了父母,花父觉得保家卫国,义不容辞,自己应当入伍抗敌。

木兰和姐姐坚决不同意,花母也觉得丈夫年事已高,万万不可出征。

可木兰的弟弟年龄太小,自己都还不会照顾自己,也不可能出征。家里人正在为难之际,木兰突然对父母说:"父亲年老,弟弟年幼,我愿意以弟弟的名字替父从军。"

听了木兰的话,大家都吃惊不小。母亲极力反对:"一个女孩子应该在家纺线织布,哪能在战场上冲锋陷阵呢?"木兰看劝说不了父母,就提出要和父亲比剑,谁赢了谁就出征。女儿这么一说,花父就答应与她比剑。

花父剑法熟练,木兰身手矫健,几个回合下来仍不分胜负。但是花父毕竟年纪大了,到了后来,有点儿招架不住,木兰却越战越勇。

最后,花父终于招架不住,扔下剑,蹲在地上喘气。

看见父亲身体这般虚弱,木兰说道:"爹爹,你现在没有什么可说的了吧。我胜了你,按照比剑前说的,我要替你去从军。"

尽管木兰赢了父亲,可是家人还是不同意。毕竟她是个女儿身,万一被发现了,那可怎么办?

这时,木兰抿嘴一笑,说:"这个你们用不着担心。你们在院子里等等我,我一会儿就来!"说完,木兰一转身跑进屋里去。她洗净脸上的胭脂，脱掉身上的罗裙，穿上一身铠甲，来到院子里，单膝跪在家人面前。

啊！这哪是木兰啊，分明是一个气宇轩昂、英气逼人的少年！家人们都大吃一惊。

大伙儿不敢相信眼前的英俊少年就是木兰。是啊，如果家人事先不知道，谁能看出来这是女儿家呢？这时，父母看出木兰确实有男子汉的气概，又实在想不出其他办法，只能答应让木兰应征入伍。

"你要学的东西很多呀，我的乖女儿。"花父一边扶起木兰，一边和蔼地对木兰说。接着，他将一些男子的礼仪和军中的规矩教给木兰。

第二天，一家人把木兰送到村口，木兰和姐姐、弟弟抱成一团，想到此后木兰就要开始军旅生活，大家痛哭流涕。

花父和花母拉着女儿的手，嘱咐道："你虽是女儿家，但你的武艺不比男孩差。你应该奋勇杀敌，保家卫国。"

木兰说："爹和娘的话，木兰记住了，孩儿绝不会给你们丢脸的。"

说完，木兰跨上备好的战马，扬鞭而去。经过三天三夜的跋山涉水，木兰终于来到了边关。镇守边关的大将军让刚刚入伍的新兵比试武艺，木兰得了第一名。

看到木兰英气逼人、气宇轩昂，大将军料定她不是一般人，就任命木兰为新兵的首领，让她带领新兵操练。

木兰每天和新兵一起操练，她不但把自己的武艺毫不保留地教给他们，还经常带着他们学习。

不久，木兰带领的新兵就成了战场上最勇敢的一支队伍，他们战无不胜、攻无不克。

敌人只要看见花木兰率领的队伍，就落荒而逃。

木兰时刻铭记父母的嘱托，每次都冲在最前面。她武艺高强，足智多谋，很快立下赫赫战功。最英勇的一次战斗是木兰和敌方的首领大战五十个回合，把敌人的首领从马上打了下来，并活捉了这位首领。

从此以后，花木兰的事迹就传遍了大江南北，老百姓都知道边关战场上有一位年轻有为的花将军。老百姓们沿街走巷，歌颂花木兰的事迹。

皇上也知道了花木兰的事迹，常常奖励她。

一晃十二年过去了，木兰的官职步步晋升，已经成为统领一方的大将军，可她还是与普通的士兵一起操练、一起吃饭。只有当夜幕降临后，木兰才会想起年老的父母和姐姐、弟弟。每当此时，木兰就会禁不住流下眼泪来。

木兰每天都盼望着敌人尽早退兵，自己能回到家乡，陪在父母身边。

这一天终于来到了，敌人宣布退兵，并声称永不来侵犯。战士们欢欣鼓舞，都等着皇上赏赐，只有木兰在收拾衣服，希望能尽早回到家乡。

皇上派来的使者对木兰说:"花将军,皇上希望你回到朝廷,好为你加官晋爵。"

没想到,这反而让木兰左右为难。她只好把自己女扮男装、替父从军的事情告诉使者,并希望使者转告皇帝,自己什么都不需要,只希望回到家乡,尽一份孝道。

皇帝听了木兰的事情后,大呼惊奇,并为木兰的孝心所感动,就允准她回乡尽孝。回到阔别多年的家乡后,花木兰一心一意地侍奉父母。

木兰替父从军的英勇事迹则被人们所敬仰,流芳百世。

百鸟朝凤

(汉族民间故事)

凤凰是一种神鸟,羽毛五彩斑斓,被尊为百鸟之王。在古代,凤凰是集权阶级身份尊贵的象征。但有没有人想过,凤凰为什么这么美?为什么能获得百鸟的尊崇?

相传很久很久以前的凤凰,并不美丽,而是一只丑陋的小鸟。它个子小小的,羽毛灰灰的,也没有出色的本领,丝毫没有传说中那般光彩夺目。同伴们都不喜欢它,更不愿意和它一起玩耍、一起歌唱。

然而被人嫌弃的凤凰十分勤劳。当别的鸟儿都在休息玩乐的时候,它却一刻也不停歇。凤凰从早到晚忙着捡拾其他鸟儿扔掉的果实,把它们晾晒成果干,分门别类、精心地保存起来。

"那些都是我们不要的东西,它真是个大傻瓜!"

"一点小东西都要捡,它真是财迷!"鸟儿们都嘲讽它。可是凤凰从不在意别人的讥讽,依然默默地劳作着。

有一年,森林大旱,河水枯竭,树木低下了头,枯黄的小草没有一点儿生机,花儿也开不出鲜艳的花朵,到处是一片死寂的景象。

鸟儿们找遍了森林的各个角落,但是一点儿食物也找不到,它们病怏怏地卧在干枯的树枝上,都快飞不起来了。

看到这种情形,凤凰急忙主动拿出这些年自己积攒的所有果干,热情地说:"小伙伴们,我这里有好多果干,快来一起吃吧!"那些天,森林里的鸟儿们每天都有吃的,凤凰和大家一起共渡难关。

"幸好有凤凰,要不然我们真不知道该怎么办呢。"

"凤凰慷慨大方,让我们每餐都吃得饱饱的。"鸟儿们纷纷称赞凤凰。森林里又充满了欢声笑语,恢复了勃勃生机。

大旱过后,鸟儿们为了感谢凤凰,都从自己身上拔下最好看的一根羽毛来,织成一件光彩耀眼的百鸟衣送给凤凰。

"在我们最困难的时候,你帮助了我们,我们把这件百鸟衣献给你,你来做我们的'百鸟之王'吧!"鸟儿们真诚地感谢凤凰。谁知凤凰却说,同伴遇到困难的时候,伸出援助之手是自己应该做的,谦虚的它竭力推辞。

但所有鸟儿都低着头,一起把百鸟衣举过头顶,并向凤凰屈膝朝拜。盛情难却,凤凰只好小心翼翼地穿上百鸟衣,成为万众瞩目的吉祥福瑞的化身——"百鸟之王"。

巫山神女

(汉族民间故事)

巫山神女,是中国古代神话传说中居于巫峡一带的神女。这位神女名叫瑶姬,相传,她是西王母最小的女儿。她容貌秀丽,飞扬的秀发像轻盈的云缕,明亮的双眸像闪烁的星辰。最难得的是,她还有一身高超的本领,既会使用千变万化的仙术,又有能降妖除魔的武艺。

有一次,瑶姬和姐姐们来到凡间游玩。在巫山上空时,她看见十二条恶龙在江里兴风作浪,人们正扶老携幼地逃难呢。瑶姬不愿百姓受苦,毫不犹豫地抽出亮闪闪的银剑刺向恶龙。可十二条恶龙也并非等闲之辈,它们借助江水,翻腾跳跃,激起千层巨浪扑向瑶姬。同时还张牙舞爪,伸出锋利的龙爪想撕碎瑶姬,瑶姬频频举剑抵挡。瑶姬和恶龙打斗了几十个回合,不分胜负。

这时,一个浪头打过来,瑶姬纵身跃上云端。她急中生智,从发间拔下母亲赐她的银簪,朝恶龙刺去,银簪瞬间释放出万道银光,化作道道利剑,直穿恶龙的身体,十二条恶龙全部倒在了巫山脚下。

倒下的恶龙还在垂死挣扎,它们把身体拱成岭,堆成山,阻挡住江水。瑶姬只好使出仙术,燃起熊熊烈火吞噬了恶龙,让堵塞的河道重新畅通。

可这火烧得了恶龙身,烧不了恶龙骨,恶龙的碎骨又变成了无数的险滩暗礁,卡住船锚,撞破船舷。

这时,大禹赶来,他带领治水的人们帮助瑶姬凿石运土,再次疏通了河道;瑶姬的姐姐们也各显神通,指引江水一路向东奔去。

除掉恶龙之后,瑶姬对巫山进行了一番改造。她拿出各色丝巾,将红色丝巾披上山坡,于是红艳艳的花儿开满山坡,百鸟鸣

唱;将绿色丝巾披于峻岭之上,于是青莹莹的竹子抽枝展叶,草长莺飞;将黄色丝巾披到山巅上,于是金灿灿的稻谷吐穗,五谷丰登;最后,瑶姬将白色丝巾披上三峡,于是雪花飘落,两岸山峰成了银色宝塔。

从此,巫山山清水秀,鸟语花香,背井离乡的百姓重新回到家乡,并世代在这里生活。神女瑶姬也深深爱上了这一方山水,舍不得离开,最终和姐姐们化作俊秀的山峰,坚定地守卫在巫峡岸边。

找姑鸟

（汉族民间故事）

从前，有一个很凶的老婆婆。她有一个儿子、一个女儿。儿子娶了媳妇之后到远方打工去了，家里只剩下老婆婆和她的女儿、儿媳。

老婆婆非常疼爱自己的女儿，经常把最好的东西给女儿吃，把最漂亮的衣服给女儿穿。可是，她待儿媳一点也不好，什么都不给她，只逼着她每天上山采桑叶、在家养蚕，不顺眼的时候还骂骂咧咧。

老婆婆的女儿很讨厌妈妈的做法。她想，我可不能像妈妈那样，嫂嫂是个善良的人，我要好好待她！

嫂嫂又上山了。因为老是被婆婆逼着上山采桑叶，山上的桑树叶子都被采光了，树叶茂盛的只有柞树，而蚕宝宝是不吃柞树

叶的。嫂嫂在山上转呀转，跑遍了好几座山，才只采到了一点点桑叶，她急得坐在地上哭。

老婆婆的女儿很挂念嫂嫂，趁妈妈不注意，就拿了妈妈给她吃的白面饼，提上小米熬成的粥，去山上找嫂嫂了。她看见嫂嫂坐在地上哭，便忙拉住嫂嫂的手，问嫂嫂现在最大的愿望是什么，她会全力以赴地帮助嫂嫂。

嫂嫂哭着告诉好心的小姑说，她在山上转呀转，跑遍了好几座山，只见柞树，却不见桑叶，这可咋办？如果只采这么一点点桑叶回去，婆婆肯定要骂的，所以现在最大的愿望是采到很多很多的桑叶。

小姑听了，帮嫂嫂擦掉眼泪，让她吃了饼，喝了粥，然后拉着嫂嫂，相伴去采桑叶。可翻了很多山，还是只见柞树，不见桑叶。

天慢慢暗下来，不能再待在山里了。

小姑劝嫂嫂回家。可嫂嫂一想到婆婆那张不依不饶的脸,就十分害怕。她说自己还想再在这儿找上一个时辰,也许山神会可怜她,把所有柞树变成桑树。她还劝小姑说:"这儿的山上有个山大王,红鼻子、绿眼睛,非常可怕。小姑你年纪轻轻,还是先回家吧。"

小姑不肯,愿意陪着嫂嫂一起找。两个人又在山上转呀转,漫山遍野都找遍了,还是只见柞树不见桑叶。

忽然,小姑仰起脸,对着大山喊:"山大王,山大王,你能叫柞树变成桑树,我就嫁给你!"喊声刚落,柞树叶子就沙沙地响。小姑挺直腰,对着大山又喊了第二遍,那柞树的枝杈就摇晃起来。小姑更响地喊出第三遍,平地刮起一阵猛烈的旋风,天地之间沙沙作响。

一会儿工夫,风停了,月亮特别亮。

姑嫂两人睁大眼睛,呀,漫山遍野不见了柞树,全是桑树!两个人高兴得跳起来。她们赶紧采摘,发现这桑树特别青翠,每一片桑叶都像巴掌那么大。两个人后来是抬着沉甸甸的篮子下山的。

找不见女儿的老婆婆正在着急,一见女儿回来了,十分高兴。但她见了儿媳妇,又像见了仇人似的板起脸。老婆婆命令儿媳妇整个晚上打理这些桑叶。

第二天,姑嫂俩又一起去大山里采桑叶。接着几天,她们都去了。那大山里,再没有柞树叶,只有桑叶。几天后,蚕吐了丝,

丝结成了茧,看来今年是个蚕丝丰收的好年头。

一天,姑嫂两人正在家里劳动,忽然从西北面飞来一片乌云,后面跟着一股顶天立地的黑旋风。没等两个人回过神来,小姑就被这股黑旋风卷走了。嫂嫂见状,赶紧扑进黑旋风里,但怎么样都找不到小姑。黑旋风越刮越远,嫂嫂拼命地追。黑旋风进了山,嫂嫂也追进山里。这时,漫山遍野的桑叶遮住了嫂嫂的眼,那股黑旋风再也不见了踪影。

嫂嫂继续一座山一座山地找,连厚厚的鞋底都磨破了。

没找到小姑,嫂嫂就不想回家。她在山上找呀找,从夏天找到秋天,又从秋天找到了冬天。山上的每根青草知道她在找小姑,就用自己柔软的身体垫着她的脚底。山上的鸟儿们也知道她在找小姑,便扯下自己的羽毛给她,帮她过冬。羽毛把嫂嫂整个身子都盖住了。

北风吹来,嫂嫂已经变成了一只鸟。她一边飞,一边叫:"找姑,找姑!"

冬天过去,春天到了,这只鸟还在青翠的桑树上飞,叫着:"找姑,找姑!"

它飞在一望无际的田野上,它飞在蓝天白云下,嘴里不停地叫着:"找姑,找姑!"

月月叫,年年叫,当地的人们都认识它,同情地称它为"找姑鸟"。

红泉

(汉族民间故事)

在一座小村庄里,有一对年轻夫妻,男的叫石囤,女的叫玉花。与他们住在一起的还有石囤的后娘,后娘总是找玉花的碴,还经常无缘无故地打玉花。

玉花一天比一天瘦了,经常呆坐着抹眼泪。妻子的境遇很让石囤难过,于是他对玉花说:"我看这样的日子也熬不出头了,今天夜里我们索性一起远走他乡吧!"

当天晚上,夫妻俩骑上两匹马,向北面远去。

他们一路骑得很快。天亮的时候,他们走进了一座没有人烟的大山,还惊奇地发现山洼里有一处山泉,泉水红得像海棠花瓣,亮得像青天的月亮,还散发出一股浓浓的香味,山泉旁边的野花野草也是红光光的。

他们在山泉旁下马休息。玉花捧起那泉水喝了一口，觉得那水简直比蜂蜜还要甜，还感觉整个身子暖洋洋的，脸色也像艳丽的桃花似的更漂亮了。

这天晚上，他们来到了一座小村庄，拍开了一位老妈妈家的门。

老妈妈热情地请他们在家里过夜，石囤和玉花非常感激。

见这位老妈妈是个大好人，两人便把自己为什么从家里跑出来，路上走过哪些地方，都告诉了老妈妈，当然也说了路过红泉的事。

老妈妈听完，叹了口气说："啊，我真怕你们夫妻在一起不会长久啊！"老妈妈告诉他们，他们路过的那个红泉，底下一直通到红山，红山上有一片枫树林，红泉里的水，就是从枫树林中那棵大枫树的树根上渗出来的。

每年枫叶红的时候，那棵大枫树就要变成红脸妖。它上到红山顶，看有哪些女人喝过它的红泉水，它就选那里面最漂亮的女人，抢去当媳妇。老妈妈又对玉花说："看你长得这么俊，红脸妖是不会放过你的……"

石囤和玉花却异口同声地说："那红脸妖再厉害，也不可能拆散我们俩。"

石囤和玉花就在这老妈妈家里住下来了，三个人过得像一家人那样和睦亲密。

老妈妈担心的事情终于发生了。一个秋天的晚上，一片红色的大枫叶忽然从半空中飘下来，落在院子里，一股猛烈的旋风也刮了起来。旋风中，出现了一个红头发、红眼睛，穿着一身红道袍的红脸妖。玉花从屋里出来，红脸妖一甩衣袖，那片大枫叶就变成了一顶花轿。红脸妖又一甩衣袖，玉花就被甩进花轿里。等到石囤追上去，红脸妖和载着玉花的花轿已飞上了天，消失得无影无踪。

老妈妈急得哭起来，石囤却安慰她说："别担心，我现在就出发，把玉花找回来！"

老妈妈说："红脸妖很厉害的，你空着手是敌不过它的，带上一把尖刀吧！"

石囤带上了尖刀，骑着马，飞一样向那座大山里追。

石囤好不容易到了那座大山，可就是不见那处红泉。

勇气十足的石囤对马说："马呀，就是找遍天下所有的山，我也要把玉花找到！你就帮我这一回吧！"刚说完，马就像箭似的蹿了出去。

就在那座最高的红山上，半山腰里有一个大山洞，红脸妖就把玉花藏在了那儿。玉花非常讨厌红脸妖，说："呸，我就是喝了你的红泉水，也不会是你的人！"红脸妖说："你丈夫救不了你啦。要是你丈夫能到得了我这里，我就让他把你领走！哈哈哈哈！"

红脸妖笑完，果真看到远方有一个男人骑着马，正往这儿飞奔。它连忙从身上解下花腰带，往洞外一甩，那花腰带就变成了一条巨蛇，向洞外溜去。

骑在马上的石囤忽然看见前面有两盏红灯，等他发觉那红灯是巨蛇眼睛时，已经来不及了，巨蛇连人带马把他吞进了肚子。巨蛇肚子里的石囤疼得要命，但他忍着痛，举起尖刀，对准巨蛇的肚子使劲一割，只听"嗤"的一声，石囤和马都掉了出来。石囤睁眼一看，哪里有什么巨蛇呀，只是一条割破了的花腰带。

躲在洞里的红脸妖见石囤仍然骑着马往这儿冲，便慌忙从墙上取下一幅山水画，往洞外一扔。这山水画就成了一座光秃秃的高山，骑着马的石囤怎么样都翻不过这座山。可当石囤甩了一把自己的汗水时，脚下的高山突然不见了，变成了一张被水淋湿的纸。

石囤骑上马继续往前冲，终于冲上了那座最高的红山。红脸妖看见石囤冲过来了，对着玉花甩了一下衣袖，玉花就像块石头

一动也不动。红脸妖对着两只花枕头也甩了两下衣袖,那两只花枕头也变得与玉花一模一样,一动不动地站在两边。然后红脸妖就逃走了。

石囤冲进山洞,一眼看见洞里竟然有三个一模一样的玉花,急得不知该怎么办。后来,石囤悲伤地喊:"玉花呀,我历尽千难万险找到了你,可你为什么不对我说一句话呢?"玉花其实听得见石囤的话,只不过她的舌头已经像石头一样硬,说不出话来。伤心的她不由得流下了眼泪。

凭着这眼泪,石囤一下子认出了哪个是自己的玉花,可玉花的身子还像石头那样硬。他抱着玉花冲进了枫树林。这时,那个红脸妖从枫树林里走出来。石囤举起尖刀,对准了它。

红脸妖却在十步以外站住了,真诚地对石囤说:"我以前从来没有被人感动过,可看到你们这对好夫妻,我真被感动了。我认输了。以后我再也不拆散人家的夫妻了。"

说完,红脸妖流下两滴眼泪,变成了一棵高大的红枫树,红枫叶上亮着银白的露珠。露珠落在玉花身上,玉花立刻就能说出话来,身体也重新变得灵活。

石囤和玉花骑着马,回到了老妈妈的家里,三个人又过得像一家人那样和睦亲密。

而那个红泉,尽管还有女人喝它的水,可红脸妖再也没有出现过,她们再也不会被妖怪抢走了。

三根金头发

(汉族民间故事)

从前,在一座村庄里,住着母子俩。

儿子名叫明子,聪明英俊,热爱劳动。可明子家里很穷,最大的财产就是一只聪明的小黄鸟。

明子和同村的小彩相亲相爱,后来到了该谈婚论嫁的年纪。明子妈亲自来到小彩家提亲,小彩妈嫌明子家穷,故意出了个难题:"只要明子能拿到西天如来佛头上的三根金头发,我就同意把小彩嫁给他!"

明子知道了,坚决地说:"既然她提了条件,那我就去西天走一趟,拿三根金头发来!"

明子还请求小彩等他三年,小彩同意了。

明子和小黄鸟一起出发,翻山越岭一路往西走。这天黄昏,明子他们来到一座村庄，发现这儿的人们晚上点着灯在田里干活，觉得很奇怪。

这时，一位老大爷说："本来这儿的一切都很正常，可几年前，不知从什么地方飞来一只金鸡鸟，它白天睡觉，晚上啼叫，让我们没法休息。我们只好跟它一样，白天睡觉，晚上干活。你不是要到西天去吗？求你问问如来佛，怎么治这金鸡鸟。"明子答应了。

又翻过了一座山，他们来到另一座村庄。

这儿的庄稼长得很好，可人都很瘦，明子觉得很奇怪。一位老婆婆说："本来我们的生活过得挺好，可从海那边飞来了一对凤凰，每天来这儿吃米，吃完了我们的全部粮食。村里人想用弓箭射它们，可它们飞来时金光闪闪，刺得人眼花，非但射不着，还糟蹋了庄稼田。你不是要到西天去吗？求你问问如来佛，怎么治这对凤凰。"明子答应了。

明子和小黄鸟来到海边，想找一条船摆渡。

摆渡的人告诉他："本来这儿风平浪静。不知怎么回事，最近这海里来了一个怪物，每天都搅得这儿波涛汹涌，船都没法行驶。你不是要到西天去吗？求你问问如来佛，怎么治这怪物。"明子又答应了。

好不容易过了海，上岸后的明子继续往西，走了很久，终于到达了西天极乐世界。他直奔如来佛居住的地方。可守门的两个和尚告诉他，如来佛正在讲经，最快也得三年才能讲完。

明子很快想了个主意。

一会儿，小黄鸟忽地飞起来，飞到那两个和尚的头顶。两个和尚便来捉鸟，明子趁机溜进了大门，来到巨大的讲经堂里。明子认出，那个又高又大的就是如来佛。明子悄悄绕到如来佛的后面，纵身一跃，猴子似的跳到了如来佛的肩头，再爬到他的头顶。

如来佛太高大了，根本没感觉到有人爬到了自己的头顶，等到明子在动手拔头发了，他才感觉到像蚊子叮似的疼。他问："谁叮我呀？"

明子灵机一动，回答："是山那边会唱歌的金鸡鸟。"

如来佛心不在焉地说："我要用金头发缚住你。"

明子又拔了一根，如来佛又问："谁又叮我呀？"

明子回答："是山这边老吃人庄稼的凤凰。"

如来佛仍旧心不在焉地说："我要用金头发缚住你。"

明子再拔了一根，如来佛再问："谁还在叮我呀？"

明子回答："我是海里的……"

没等明子说完，如来佛就高高地举起了手。

明子赶紧从他头顶跳下来，拿着那三根金头发逃出老远。小黄鸟很快跟上了他。

明子回到海边，把一根金头发的一头放进海里，只见金头发马上变得很长，像金蛇似的在水里游来游去，钓上来一个人身鱼尾的鲛人。

鲛人恳求明子说:"从此我再也不兴风作浪了,只要你放了我,以后你有什么困难,只要在有水的地方叫我三声,我就会来的。"明子便放了它。从此,大海重又变得风平浪静。

明子回到山这边的小村庄,正巧碰上凤凰飞来吃米。

明子拿出一根金头发,金头发马上变得很长,发出闪电般耀眼的光芒,刺花了凤凰的眼睛。明子又一甩金头发,把凤凰绑了起来。

凤凰恳求明子说:"从此我们再也不来这儿吃米了,只要你放了我们,以后你有什么困难,只要你拿着这两只金蛋,对着金蛋叫我们三声,我们就会给你十块金子和十块银子。"明子接过金蛋,放了它们。从此,凤凰果真再也不来吃米了。

明子又回到山那边的小村庄,晚上,那只金鸡鸟又出来大声啼叫。明子拿出一根金头发,金头发马上变得很长,发出闪电般耀眼的光芒,刺花了金鸡鸟的眼睛并缠住了它。

金鸡鸟恳求明子说:"以后我再也不在晚上啼叫了。只要你放了我,我就跟你回去,只要你每天给我吃三粒金米,我每天就给你生三个金蛋。"明子带走了它。那儿的人们非常感谢明子。

时间正好过去三年,明子回到了家里。看到三根金头发,小彩妈十分惊讶,可她又提出了新的条件,她还要明子再拿出一斗珍珠和一大堆金银财宝,但这根本难不住明子。

明子在水里呼唤鲛人,鲛人很快替明子弄来了一斗珍珠。

明子对着金蛋大叫,十块金子、十块银子就出现在他的面

前。

明子给金鸡鸟喂了三粒金米，金鸡鸟就给他生了三个金蛋。

这下子，小彩妈傻眼了，逼着明子把所有宝贝都拿出来。为了小彩，明子把金鸡鸟、凤凰蛋都给了她。

不料，贪心的小彩妈逼着金鸡鸟大吃金米，想让金鸡鸟生出更多金蛋来。金鸡鸟想逃，不小心打烂了凤凰蛋。小彩妈举着棍子去追，结果又把金鸡鸟打死了。鲛人弄来的珍珠在小彩妈的手里也都化成了水。

小彩妈急坏了，干脆吃下了给金鸡鸟吃的金米，很快胀死了。

明子赶来，发现什么都没了，非常伤心。他把小彩妈和金鸡鸟、凤凰蛋都埋在了一起。

不久，那儿长出了一棵大树，结出的果实很像金蛋，味道还挺鲜美。人们把这果实称为"金蛋"。

这就是金蛋树的来历。

飞来峰

(汉族民间故事)

在杭州灵隐寺前有一座飞来峰,掩映在翠绿的树丛中,格外显眼。它为什么叫"飞来峰"呢?它是从哪里飞来的?一座山峰又怎么会飞?

相传很久以前,济颠,也就是传说中的济公和尚,他在杭州灵隐寺出家。但济颠并不是一个老老实实的和尚,他喜欢喝酒吃肉,一天到晚摇着一把破蒲扇东游西逛。别人见他行为怪异,整天疯疯癫癫的,都管他叫疯和尚。

一天,济颠喝多了酒,第二天快到中午时才睡醒。他揉了揉眼睛,穿着草鞋,漫无目地走到寺外。他向西边张望,发现西边的天空乌云滚滚,正慢慢地向灵隐寺飘来。济颠定睛一看,大吃一惊。

飘来的不是乌云,而是一座山!

懂得法术的济颠掐指一算,算出这座山将在午时三刻落在灵隐寺前面的村子里,到时村民一定会死伤无数,便在心里惊呼:"大事不好了!"

济颠赶紧向前面的村子跑去。路上遇到一个老头,济颠连忙对他说:"赶紧通知村民逃难吧!午时三刻有一座山峰将会落到你们村里。"老人心想:"疯和尚又说疯话了。"摇摇头,没理他就走开了。

接着,济颠又遇到一位老太婆,他急切地告诉她,有座山峰将要飞来,谁知太婆口中念道:"阿弥陀佛,阿弥陀佛,罪过罪过。"说完叹了一口气也走开了。

济颠来到村子里,对一个年轻的小伙子说:"有座山峰将要落下来,你赶快搬家吧。"年轻人傲气地说:"山来了怕什么,我能用肩膀扛住。"一点儿也不相信他。

济颠从村头跑到村尾,说得嗓子都哑了,仍然没有人相信他。

济颠累得上气不接下气,只好坐在一棵大树底下休息,努力让自己平静下来,一边思考该怎样让村民快快撤离。

时光一点点流逝。这时,济颠耳边传来一阵嘹亮的唢呐声,原来村里的一户人家娶亲,新郎新娘正准备拜天地呢。济颠一拍脑门,"有了!"他立刻冲到新郎新娘家,推开众人,不由分说地背起新娘子就往外跑。

来喝喜酒的客人见一个疯和尚竟把新娘子抢走了,不禁大喊大叫。男方和女方的家人都冲出家门,想把新娘子救回来。济颠故意跑得飞快,后面的人有的哭天喊地,又急又气;有的喊抓喊打,觉得挺有趣,全村的人都被这场闹剧吸引了,跟在济颠后面奔跑。

济颠一口气跑到离村庄两里之外的地方,突然停住脚,把新娘子放了下来。自己则坐在地上摇着破蒲扇。大家好不容易追上他,却见他像没事儿人一样。

新郎怒气冲冲,正想要抓住他痛打一顿,就在这一瞬间,突然天色阴沉,狂风怒吼,吹得人睁不开眼睛。

随着轰的一声巨响,大地都在震动,村民们都趴在地上不敢动弹。过了一会儿,风停了,云散了。大家站起身来回头看了看,惊奇地发现村庄的上方屹立着一座山峰,村中的所有房屋已经被压在下面了。

村民们像做了一场噩梦似的,终于明白了济颠的良苦用心。村民感谢济颠救了他们的命,准备离开这里,各谋生路。

济颠说:"这座山峰是从四川峨眉山飞来的,它一会儿飞到东,一会儿飞到西,这样下去一定会造成灾难,大家不忍心见到更多的人无家可归吧?不如这样,大家先不要走,一起上山凿五百个罗汉,用罗汉的力量把山镇住。"

村民都说这是个好办法,于是济颠脱下身上的破袈裟,轻轻抖了一下,瞬间变出无数的凿子、锤子、斧子。

村民们人多手快,只花了一天一夜便造了五百个罗汉。后

飞来峰

来，济颠来到这座山上看了看，发现村民匆忙之中，忘了给石罗汉凿眉毛和眼睛，石罗汉好像在打瞌睡。他就用长长的指甲，逐一给罗汉画了双眉，又一一给他们画了眼睛。

罗汉们有了眉眼，就像活的一样，表情丰富。就这样，这座山峰被五百罗汉镇住，永远地留在了灵隐寺前面。人们给它取名为"飞来峰"。

五指山

(黎族民间故事)

五指山位于海南岛中部,是海南岛的象征。但很早以前,海南岛上是没有五指山的,那儿原是一片平原。

那么,五指山是怎么来的呢?

相传远古时期,在这一块平原上,居住着一对夫妻,男的名叫阿立,女的名叫邬麦。他们生了五个儿子,一家人过着其乐融融的日子。

起初,他们什么劳动工具都没有,就用木棍当锄头,用石头当刀斧,学会了耕种。因为工具落后,七个人劳动一整天,只能开半亩荒地。

长久下去,维持温饱都是问题,这可怎么办啊?

一天夜里,大家在茅屋里休息,邬麦和孩子们都睡了,但阿立翻来覆去睡不着。到了深夜，他才昏昏沉沉地睡去。

这时，阿立忽然梦见一个长着白胡子的老人站在他床前，对他说："在你们家附近埋着一把宝锄和一把宝剑，你们把它们挖出来使用吧。只要你将那把宝锄高高地举在头上叫一声'挖'，这平原上的荒地便会变成良田。只要你把宝剑举起来挥动一下，叫一声'砍'，大树就会应声倒地；要是坏人来侵犯你，你只要叫一声'杀'，坏人就会人头落地。"

第二天一早，阿立把梦中的话告诉了全家，大家听了很兴奋，拼命地在茅屋的周围挖起来，挖呀挖，一直挖到中午，大儿子"哎哟"叫了一声，从土里拿出一把黑油油的宝锄和一把发亮的宝剑。阿立仔细一看，正是梦里见过的宝锄和宝剑。

阿立按照白胡子老头的话，高举宝剑叫了一声"砍"。

一阵巨响，许多树都一齐倒地，惊得大家发了慌。接着，邬麦又高举宝锄，叫了一声"挖"，平原上果然变出了一片片良田，真是太神奇了！

从此以后，他们一家人过着幸福的生活。

不过也有眼红的坏人，想霸占他们的土地，但因为他们有宝剑，都不敢来侵犯。

后来，年老的父亲将要过世，便把五个儿子叫到跟前，嘱咐他们好好地在这块肥沃的土地上耕种。话没有说完，他就合上眼睛死了。

父亲死后，五个儿子为尊重父亲的遗愿，依照母亲的话，在

埋葬父亲的时候，把宝剑作为陪葬品埋进土里去了。

这个消息传到了坏人亚尾的耳朵里。他通知海贼，纠集起数百人，霸占了这块肥沃美丽的平原，杀死了五个儿子的母亲，还把五个儿子统统捉住。

狠心的亚尾用铁链锁着阿立的五个儿子，审问拷打了十天十夜，逼他们交出宝剑，但他们还是不肯说出埋藏宝剑的地方。亚尾发怒了，用火将他们烧死了。

五个儿子流下来的泪水把平原冲成五条溪，他们断气的时候，四面八方的熊、豹、白蚁、毒蜂、恶鸟，都成群结队地奔来，成千上万地飞来，把亚尾和海贼通通咬死了。它们还搬来许多泥土和大岩石，把五个儿子的遗体埋住，形成了一座有五个山峰的高山。后来，人们把这座山叫作"五子山"。

再后来，因为五子山直竖着，像五根直立的手指，人们便把它称为"五指山"。

鲁班的故事

(汉族民间故事)

鲁班年轻的时候,决心要上终南山拜师学艺。

他辞别父母,一连跑了三十天,才来到终南山。山前有九百九十条道路,在一位老大娘的指引下,他选择了正中间那条小道爬上山去。

来到山顶,鲁班看到一个须发全白的老头儿,伸着两条腿,正躺在床上睡大觉,呼噜打得像擂鼓一般。鲁班规规矩矩地等着老师傅醒来。

直到太阳落山,老师傅才睁开眼睛坐起来。

鲁班走上前,请求师傅收下他。老师傅说:"我要考考你,你答对了,我才能收下你;要是答错了,你就回去吧。"鲁班不慌不忙地说:"我今天答不上,明天再答。哪天答上来了,师傅

就哪天收我做徒弟吧。"

老师傅捋了捋胡子,说:"我呢,现在要盖三间房子,你说该准备几根大柁?多少根椽子呢?"

鲁班张口即答:"要盖三间房子需要准备四根大柁,四根二柁,二百四十根椽子。师傅,你说对吗?"

老师傅微笑地点了点头。

老师傅接着问:"有人学手艺,三个月就能学会,可有的人要学三年。你觉得学三个月和学三年,一样吗?"

鲁班想了想说:"不一样。学三个月的,手艺扎根在眼里;学三年的,手艺扎根在心里。"

老师傅接着提出第三个问题:"有两个徒弟学成了手艺,大徒弟努力挣下一座金山,二徒弟在人们心里刻下一个名字。你愿意跟哪个徒弟学?"

鲁班马上回答:"愿意跟第二个徒弟学。"

老师傅很高兴,说:"你的问题都答对了,可是还有最后一关,向我学手艺,就得使用我的工具。可我的这些家伙,已经有五百年没用过了,你去负责把它们修理好。"

鲁班拿过师傅的工具一看,斧子缺了口,刨子满是锈迹,凿子变得又弯又钝。鲁班马上行动起来,他白天磨,晚上磨,一直磨了七天七夜。又高又厚的磨刀石,被磨得像一道弯弯的月牙,斧子锋利了,刨子磨得很光亮,凿子也有了利刃,每一件工具都像是新的,老师傅不由得啧啧称赞。

就这样,鲁班开始在终南山学艺。

后来,鲁班不仅学到了精湛的技艺,还发明了很多工具呢,比如锯、橹板等,是非常了不起的大发明家,还成了后代工匠的祖师。

赵州桥

(汉族民间故事)

在河北省赵县城南五里的地方,有一条大河,名叫洨河。洨河发源于河北西部的井陉山。在古代,它的水势很大,每逢夏秋两季,大雨来临,雨水和山泉一并顺流而下,沿途又与几条河汇合,形成了汹涌洪流。

因为有这条洨河,尤其是在发大水的时候,洨河两岸的居民和来往的行人,都感到非常不方便。

相传这件事被著名的工匠祖师鲁班知道了。他特地远道赶来,施展出卓越的技术,在一夜之间就造好了一座大石桥,取名"赵州桥"。

桥造好了的消息,很快传遍四方。

远近居民都怀着惊喜的心情,争先恐后地前来参观,这个奇

迹甚至惊动了"八仙"之一的张果老。

张果老在驴背褡裢的一边装上"太阳",一边装上"月亮",要从桥上走过。这还不算,张果老存心要和鲁班开个玩笑,他又约了另一位神仙柴荣,推着载有"五岳名山"的独轮车,一道来到桥头,开口便问这桥能不能让他们两人同时行走。

鲁班刚把大桥修好,正十分得意,便很不以为然地说:"这么坚固的石桥,还经不起你们两人走么?"谁知张果老和柴荣上桥以后,把桥压得摇摇欲坠。

鲁班一看情况不妙,赶忙跳下桥去,用手使劲托住桥身东侧,才使这两位仙人带着日月和五岳名山顺利通过。

从此,赵州桥上留下了几处人们津津乐道的"仙迹",比如有张果老的毛驴的驴蹄印和斗笠颠落压成的圆坑。另外,有柴荣因推车用力过猛,一膝着地压成的膝盖印和车道沟。当然,还有鲁班托桥的手印。后来,除了东侧一度塌毁,手印已经不见,其余的"仙迹"都留存下来。

东坡肉的由来

（汉族民间故事）

苏东坡不仅诗词写得好，还十分喜爱美食。他发明的"东坡肉"，直到今天仍是杭州的一道名菜，家喻户晓。

当年，苏东坡在杭州做刺史，治理好了西湖。这以后，四周的田地就不怕涝也不愁旱了。这一年风调雨顺，庄稼大丰收，老百姓为感谢苏东坡治理西湖，过年的时候就抬猪担酒，来给他拜年。

苏东坡收下很多猪肉，叫人把它切成方块，以红烧法烹饪，然后再按治理西湖的民工花名册，每家一块，将肉分送给他们过年。看见苏东坡差人送肉来，人人都夸苏东坡是个贤明的父母官，还把他送来的猪肉称作"东坡肉"。

那时，杭州有家大菜馆，菜馆老板知道人们都夸"东坡肉",就和厨师商量,把猪肉切成方块,烧得红酥酥的,挂出牌子,也取名为"东坡肉"。

新菜一出,菜馆的生意兴隆起来,从早到晚顾客不断,每天杀十头猪还不够卖呢。

别的菜馆老板看得眼红,也学着做起来,一时间,不论大小菜馆,家家都有"东坡肉"了。后来,经过同行公认,就把"东坡肉"定为杭州的一道名菜。

苏东坡为人正直,不畏权势,朝廷中的那班奸臣本来就很恨他。这时,见他得到老百姓的爱戴,心里更不舒服。

当中就有一个御史,乔装打扮,到杭州来找岔子,存心要陷害苏东坡。

东坡肉的由来

御史到杭州的头一天，在一家饭馆里吃午饭。堂倌递上菜单，请他点菜。他接到菜单一看，头一样就是"东坡肉"！他皱起眉头，想了一想，不觉高兴地拍着桌子大叫："我就要这头一道菜！"

御史吃过"东坡肉"后，觉得味道倒真是不错。

御史向堂倌一打听，才知道"东坡肉"是同行公认的一道名菜，于是，他就把杭州所有菜馆的菜单都收集起来，兴冲冲地回京去了。

回到京城后，御史马上就去见皇帝，说："皇上呀，苏东坡在杭州做刺史，贪赃枉法，把恶事都做绝啦！老百姓恨不得要吃他的肉。"皇帝说："你是怎么知道的？可有什么证据吗？"御史就把那一大沓油腻的菜单呈了上去。

这个皇帝本来就是个糊涂蛋，他一看菜单，就不分青红皂白，立刻传下圣旨，将苏东坡革职，远远地发配到海南去充军。苏东坡被调职充军后，杭州的老百姓却忘不了他的好处，仍然到处颂扬他。

年兽的传说

(汉族民间故事)

春节又叫农历新年,俗称"过年",是我国最隆重、最热闹的一个传统节日。春节的历史很悠久,有关它的各种传说也很多,其中就有关于年兽的传说。

相传,古时候有一种叫"年"的怪兽,头长触角,凶猛异常。"年"长年深居海底,每到除夕才爬上岸,吞食牲畜,伤害人命。因此,每到除夕这天,村村寨寨的人们扶老携幼逃往深山,以躲避"年"兽的侵犯。

这年除夕,桃花村的人们正准备扶老携幼上山避难,从村外来了个乞讨的老人。乡亲们有的封窗锁门,有的收拾行李,有的牵牛赶羊,一片恐慌景象。紧要关头,谁还有心思关照这位乞讨的老人呢?

只有村东头一位老婆婆给了老人一些食物。老婆婆劝老人快上山躲避"年"兽。

那老人捋了捋胡子，笑道："婆婆，若让我在你家借住一夜，我一定把'年'兽撵走。"

老婆婆定睛细看，见老人气宇不凡。可要赶走"年"兽谈何容易？她就继续劝说，老人却笑而不语。

婆婆无奈，只好撇下家，自己上山避难去了。夜半时分，"年"兽闯进村。这回进村，它发现村里气氛与往年不同：村东头老婆婆家，竟然在大门上贴着红纸，屋内烛火通明。"年"怒视片刻，随即浑身一抖，怪叫了一声，就朝婆婆家狂扑过去。快到门口时，院内突然传来噼里啪啦的响声，"年"兽吓得浑身战栗，再不敢往前走了。

原来，这"年"兽最怕红色、火光和炸响。此时，婆婆家的门大开着，只见院内一位身披红袍的老人在哈哈大笑。"年"兽大惊失色，连忙狼狈逃窜。

第二天是正月初一，避难回来的人们见村里安然无恙，十分惊奇。这时，老婆婆才恍然大悟，赶忙向乡亲们述说了乞讨老人的许诺。

乡亲们一齐拥向老婆婆家，只见婆婆家门上贴着红纸，院里一堆未燃尽的竹子仍在啪啪作响，屋内几根红蜡烛还亮着。乡亲们欣喜若狂，为庆贺吉祥的来临，纷纷换新衣戴新帽，到亲友家道喜问好。

　　这件事很快在周围的村子里传开了,人们都知道了驱赶"年"兽的办法。从此,每年除夕,家家贴红对联、燃放爆竹,户户烛火通明、守更待岁。这风俗越传越广,再后来成为我国最隆重的传统节日。

灶王爷和灶王奶奶

(汉族民间故事)

相传,王母娘娘带着她的女儿到人间体察民情。来到人间后,公主兴奋极了,觉得样样东西都是那么新鲜有趣,于是求王母娘娘让她在人间多留一段时间。

王母娘娘同意了。一天,公主无意中闯进了一个替人烧火做饭的穷小伙子家里。公主与小伙子一见钟情,不久就私订终身,结为夫妻了。

过了一段时间,玉帝仍不见女儿回来,就派天兵天将来到凡间寻找。当他听说公主已和凡人结为夫妻,非常生气。玉帝罚公主留在人间,尝尽人间的辛酸。

王母娘娘听说后,忙为女儿求情。其实,玉帝也不忍心自己最疼爱的女儿受太大的罪,便改口说:"那小子不是整天忙着烧

火吗？那就让他们在人间当灶王爷和灶王奶奶吧，看她知不知悔改！"从此以后呢，小伙子和公主便成了"灶王爷"和"灶王奶奶"。

灶王奶奶看到人间生活困苦，常常找借口回天宫，给老百姓带一些东西回来。玉帝对女儿下嫁本来就很不满，知道这些后就更加恼火。一气之下，他命令女儿和女婿每年只能在腊月二十三这天回一次天宫。

有一年，人间发大水，田地被淹，庄稼尽毁。眼看就要过年了，百姓却穷得连锅都揭不开，灶王爷和灶王奶奶很是着急。好不容易挨到腊月二十三，天还没亮，灶王爷和灶王奶奶就迎着灰蒙蒙的月光往天宫赶。

到了天宫，玉帝只准许他们住一晚，还不让他们带任何东西回去。灶王奶奶没办法，只好让灶王爷先回到人间，她再想方设法从天宫带一些东西走。

腊月二十四这天，灶王奶奶正在扎扫帚，准备带回凡间扫灰尘，玉帝派人来催，让她赶紧离开天宫回凡间。

灶王奶奶说："先别着急，你们回去告诉父皇，等我明天做好豆腐后一定回去！"

腊月二十五这天，灶王奶奶做好了豆腐还不走，说明天要割肉，割好了肉，她又说明天还要杀鸡。就这样，她杀了鸡又蒸馍，蒸了馍又打酒，打了酒又包饺子，一直拖到了大年三十这天。当玉帝听说灶王奶奶还没回去，不由得大动肝火，命令她必须立即回去。灶王奶奶想了想，觉得东西都准备得差不多了，也该回家过年了。可东西实在太多了，灶王奶奶一直收拾到天黑才离开天宫。

这时，凡间家家户户都已点烛燃香，只等着灶王奶奶带吃的回来。灶王奶奶一到，家家户户就开始燃放鞭炮庆祝，然后就吃起了团圆饭。因为灶王奶奶回来得迟，人间就把大年三十的团圆饭称为"年夜饭"。

百姓们感念灶王奶奶的恩德，从此就在每年的腊月二十四打扫房子，二十五做豆腐，二十六割肉，二十七杀鸡，二十八蒸馒头，二十九打酒，三十包饺子。渐渐地，这些就成了凡间过年的习俗。

后来，玉帝看到小两口在人间深受敬重，心里颇有些嫉妒，就把灶王爷指定为御使，要灶王爷定期向他上报各家各户的功过得失，再根据报告对人间进行赏罚。

玉帝原本想以此来制造灶王爷与老百姓间的矛盾，可没想到因为灶王爷公正无私、赏罚分明，老百姓更把灶王爷看成是自家的保护神了。

十二生肖的传说

（汉族民间故事）

十二生肖的传说，由来已久。

很久很久以前，人们总是忘记自己出生在哪一年，也算不清自己究竟几岁。

玉皇大帝想了一个办法：记年份太难，记动物就简单多了。找出十二种动物来代表年份，不就行了吗？玉皇大帝发出了选拔十二生肖的消息，叫动物们前来参加渡河比赛，先到达的十二种动物就入选十二生肖。

当时，老鼠和猫还是很好的朋友，它们聚在一起讨论。老鼠说："我们不会游泳，要怎么渡河呢？"

猫说："可以跟牛合作，我们帮它指路，它载我们渡河。"猫和老鼠去找牛，牛立刻答应了。

到了比赛当天，一大清早，公鸡都还没睡醒，牛、猫和老鼠就已经来到河边。牛蹲下来，让猫和老鼠爬上它的背，开始渡河。猫平常就爱打瞌睡，今天又起来太早，很快就趴在牛背上呼呼大睡起来。

老鼠很想得第一名，就在牛快要抵达河岸的时候，突然把猫推下水，然后钻进牛的耳朵里。

牛并不知道发生了什么事，只听到老鼠在它耳朵边喊着："牛大哥，加油！我们快到了！"

牛爬上对岸，高兴地冲向终点。

这时，老鼠突然从牛的耳朵里跳出来，抢先抵达终点，得到了第一名。牛辛苦了半天，只得到第二名，非常生气，从此就常常瞪着大眼睛。

过了一会儿，老虎赶到了，它很有自信地吼着："是我得了第一名吧？"

玉皇大帝说："不！你得的第三名。"

突然，天空中卷起一阵狂风，龙从天而降，眼看就要抵达终点，兔子冲了过来，抢先得到第四名。原来兔子不会游泳，一路跳呀跳，踩着别人的背过了河。

玉皇大帝问龙："怎么这么晚才到呢？"原来，龙去遥远的南海主持下雨典礼，赶回来，已经来不及了。

不一会儿，马蹄声传来，尘土飞满天。马跑在最前面，正要冲向终点，蛇突然从草丛里钻出来，抢先得到第六名。蛇本来有

脚,这次跑得太卖力,把脚都跑断了。马本来很勇敢,这次被蛇吓到,从此变得很胆小。

羊、猴和鸡在河边捡到一根木头,大家通力合作,得到第八、第九、第十名。羊坐在前面指路,因为看得太用力,变成一个大近视。猴子在木头上坐太久,屁股又红又肿。鸡本来有四只脚,上岸的时候给压断了两只,所以现在只剩下两只脚。

狗来了,它很贪玩,渡河的时候,居然泡在河里玩水,耽误了时间。

十二生肖只剩下一个名额,大家伸长脖子望着河岸。

这时,猪来了,它满头大汗,喘着气说:"我快饿死了,这里有没有好吃的东西?"比赛结束,玉皇大帝很高兴地宣布了十二生肖的名次。

等宣布完名次,湿淋淋的猫来了,它问:"我第几名?"玉皇大帝说:"第十三名。"猫非常生气,每根胡须都翘起来,它说:"可恶的老鼠!我绝不饶你!"说完,就向老鼠扑过去。

老鼠吓得吱吱叫,连忙往玉皇大帝的椅子下钻,可还是被猫打了一巴掌,牙齿都被打掉了。

老鼠虽然得到了第一名,却时刻提心吊胆,怕猫找它报仇。直到今天,老鼠看到猫的影子,还会没命地跑,连大白天也躲在洞里不敢出来。

自此呢,老鼠和猫也成了世代仇人。

彭祖的故事

(汉族民间故事)

相传在很久很久以前,有一个长寿的老人叫彭祖,他在人世间整整活了八百多年。

这究竟是怎么回事呢?

据说彭祖与母亲相依为命,由于家境贫穷,从小就学会了干农活儿。一天他正要下田耕地,迎面走来了一位算命先生,盯着彭祖看了又看,叹了口气说:"年轻人啊,你就回家休息休息吧,你已经活不了多久了。"

彭祖一听吓了一跳,赶忙问算命先生:"我身强力壮,既没有生病,也没有任何疼痛,怎么会活不了多久呢?"

"天机不可泄露啊,请恕我无可奉告。"算命先生说罢就摇着头走了。

彭祖站在田里愣了半天。他想:"如果我真的活不了多久,那也不能不干活儿呀,家里还等着这一季的粮食呢。"想到这里,他吆喝老牛开始犁地翻土。

就在这时,不知打哪儿走过来一群人,彭祖瞄了一下,总共有八个人。这些人的穿着打扮和行为举止都很奇怪,有的拄着拐,有的吹着横笛,有的倒骑毛驴,还有一个女子手持莲花。

彭祖立即喊住耕牛停下不动,等着让他们走过。

那八个人笑嘻嘻地看着他问:"你为什么看到我们就停下活儿呢?"彭祖上前施礼道:"假如我继续耕田,怕田里的泥水弄脏了你们的衣服。"

那八个人听了连声道谢,便说说笑笑地走了。

彭祖回到家中将算命先生的话告诉了母亲。母亲听了泪珠子不住地往下滚,她抱着彭祖痛哭道:"我苦命的孩子,你走了,娘也不想活了!"

看到母亲如此伤心,彭祖便劝母亲:"娘,天无绝人之路,也许会有什么转机呢?"他想到今天碰到几个奇怪的人,便把几个人的样子描述给母亲听。母亲听了不禁面露喜色:"儿呀,那不是八仙吗?如果你下次再遇到他们,一定要请求他们让你长寿,这样你的命就有救了。"

果真有一天,彭祖在田里耕作的时候,又碰到了那八个人。八仙有说有笑地走过来,彭祖立即喊住耕牛,扑通一声跪在八仙面前,连磕三个响头说:"各位仙人,请帮帮我,算命先生说我

活不了多久了,可家中老母无人照料,彭祖实在不忍心就这样离开呀,请各位仙人让我长寿吧!"

八位大仙看彭祖言辞恳切,又念他能为他人着想,便相互使了个眼色,点了点头。张果老说:"这阎王爷只让你活二十岁,实在是太可怜了。看来我们要将你的名字暂时从生死簿上面偷偷地拿掉。"

手持莲花的何仙姑扶起彭祖说:"是啊,这个小伙子多么懂事孝顺,不如我们每人都送他一百岁吧。"

挎着花篮的蓝采和也说:"俗话说善有善报,我也赞成,我们每个人给他加一百岁。"就这样,其余几位大仙也纷纷点头同意。八仙每人用手指在彭祖的额头上点了一下,又有说有笑地走了。

这以后,彭祖的身体越来越强壮,他娶了妻子,生了儿子,子又生孙,孙又生子,一代接一代。后来,彭祖的寿命已高达八百二十岁。他长长的胡须已经过膝,人显得神采奕奕,闲来无事时,还经常到处走走。说来也巧,一天,阎王爷到人间走了一遭,想了解人们是怎么看待他的。他走到一个院子前,无意中听到人们在谈论说:"人人都怕阎王爷,但彭祖不怕,他已经活了八百多岁了。"

阎王爷听说彭祖已经活了八百多岁,很不高兴,他立即返回阴间,命令两个小鬼,务必在三日之内将逍遥在世的彭祖缉拿归阴。

当两个小鬼翻开生死簿,却怎么也找不到彭祖的名字。生死簿上半点信息也没有,该怎么去捉拿彭祖呢?无奈之下他们想了一个主意。

两个小鬼扮成挑木炭的人,故意在不远处的河边洗黑木炭,想把黑木炭洗白。这时,彭祖刚好从此处经过,他看到这两个人的举动不禁仰头大笑:"奇怪,奇怪,真奇怪,我彭祖活到八百岁了,从没听过黑木炭可以洗白!哈哈哈!"

两个小鬼一听,不禁喜出望外,原来此人正是彭祖。于是他们飞奔上前死死地捉住彭祖,把他押到阎王爷那儿去了,从此彭祖就在世上消失了。

马兰花

(汉族民间故事)

"马兰花,马兰花,风吹雨打都不怕,勤劳的人在说话,请你现在就开花。"在美丽的马兰山上,长满了马兰花,所有的动物、植物都喜欢美丽的马兰花。

这天,是马兰花开的日子。王老爹来到山上捡柴火,为了给两个长得一模一样的女儿摘山崖上最好看的马兰花,他不小心掉下了悬崖。

花神马郎救起了王老爹,王老爹对他万分感激。为了报答马郎的救命之恩,王老爹想把两个女儿中的一个嫁给马郎。马郎听了,送给王老爹一朵神奇的马兰花,让他把花送给那个愿意嫁给他的姑娘。

回到家,王老爹把自己的经历告诉了两个女儿。

大兰一听立即夺过了马兰花,说:"爹爹,我愿意嫁给马郎!"但是,当她听到爹爹说马郎没有钱,靠辛苦劳动过日子时,立刻扔掉了手里的马兰花。

这时,小兰从地上拾起马兰花,对爹爹说:"阿爹,我愿意嫁给善良的马郎,与他一起生活。"

一天晚上,马郎高举着荷花灯,驾着木船来迎接新娘小兰。婚礼过后,小兰与马郎过上了恩爱甜蜜的生活。

一年后,小兰回到娘家,她手里拿着马兰花,口里念道:"马兰花,马兰花,风吹雨打都不怕,勤劳的人在说话,请你现在就开花。"刚念完,许多贵重的礼物就出现了。

这一切,被贪心的老猫看到了。老猫看得眼红,决定要利用大兰的妒忌,将神奇的马兰花骗到手。它极力讨好大兰,并让她第二天送小兰回家。

在小河边,大兰听了老猫的话,想方设法穿上了妹妹的衣服,戴上了妹妹的耳环,还想骗来小兰头上的马兰花。

小兰拒绝了。老猫没办法,上前就抢,夺了马兰花后,一把把小兰推进河里。大兰见了,非常后悔,怪自己怎么听老猫的鬼话,害了自己的亲妹妹呢?后来,马郎知道了真相,发动大家来抓捕凶恶残忍的老猫。

老猫呼唤马兰花帮它变出金银财宝和大马车。果然,八匹马拉的大马车出现了,老猫十分得意。可它哪里知道,这是马郎和小动物们变的。

老猫被抓住了,并且受到了惩罚。

马郎手握马兰花,呼唤着:"马兰花,马兰花,风吹雨打都不怕,勤劳的人在说话,请你现在就开花。"瞬间,美丽的小兰复活了,马兰山上一片欢腾。

阿里山的传说

（高山族民间故事）

在我国台湾地区嘉义市的东面，有一座海拔两千多米的高山，名叫阿里山。山上生长着大片的森林，一年四季鸟语花香，是台湾有名的游览胜地。特别引人注目的是，在它的半山腰上有一棵参天大桧树。据说，这棵桧树已经有3000多年的树龄，人们管它叫"神木"。

从前，阿里山不叫阿里山，山上也不长一棵树、一棵草，为什么后来有了树木和花草，又为什么改名叫阿里山呢？当地有这样一个传说。

从前，在这座秃山北面的一个沟岔上，住着一个以打猎为生的小伙子，名叫阿里。

有一天，阿里到北山坡上去打猎，突然看见山下有一只吊睛

猛虎正在追赶两个采花姑娘。

阿里急忙从山坡上跑下来,一下跳到老虎的背上,手起刀落,只听咔嚓一声,老虎被杀死了。两个采花姑娘得救了。

阿里刚要回北山坡上打猎,又见从天上下来一个手持龙头拐杖的白胡子老头,老头一边笑,一边拽着两个姑娘的胳膊,把她们往南山坡上拉。

阿里见这两个姑娘刚脱离虎口,又遭到这坏老头子的戏耍,心中燃起阵阵怒火。他大喝一声:"住手!住手!"一个箭步冲到坏老头的面前,夺下他的龙头拐杖,狠狠地照着老头的前额打了一下。

老头痛得大喊一声,放开了那两个姑娘,而他的前额起了一个很大的肿包。他一甩袖子,向空中飞去,一转眼不见了。

一会儿,雷声大作,由远而近,越来越大。两个采花姑娘吓得浑身乱颤,她们焦急地说:"这下可糟了,这下可糟了!"

阿里奇怪地问："这是怎么回事？"两个姑娘说："我俩本是天宫里的仙女，听说台湾岛景色迷人，就偷偷来到这里。不想，遇见了恶虎，多亏你救了我们的性命。谁知，由于贪恋这里的美景，误了回去的时辰。玉帝派老寿星下来捉拿我们回天宫治罪。我们惧怕玉帝，不愿意回天宫。正在老寿星拉我们的时候，你却跑过来把他打跑了。现在他把这件事禀报了玉帝，玉帝震怒，下令让雷神用雷火将这一带的生灵全部烧死。"

听她俩这么一说，阿里大吃一惊，没想到自己做好事反而惹出了大麻烦，于是焦急地问："难道就没有什么办法，搭救这一带的生灵吗？"

两个仙女说："有是有，不过要有一个肯牺牲自己性命的人，跑到南面那座秃山顶上，把雷火引开，使雷火不能蔓延，才能保住这一带的生灵。你赶紧躲到安全的地方去，我俩这就到秃山顶上去引雷火。"

阿里摇着头说："不，老寿星是我打的，祸是我惹的，怎么能让你们去呢？还是让我去引雷火吧！"说罢，他就拿起那根龙头拐杖，急忙向南边的那座秃山上跑去。不一会儿，他就登上了秃山的山顶。

阿里仰起头来，朝着天空高声喊道："雷神！老寿星是我阿里打的，那两个仙女是我阿里放的，祸是我阿里惹的，这一切都是我一手造成的，与他人毫无关系！你那雷火，朝我阿里身上击吧！"

这时,雷神正好来到秃山上空。他举起雷钻和闪锤,只听轰隆一声响,一个响沉雷,一下子把阿里击了个粉碎,雷火在秃山顶上燃烧起来。雷神见火着起来了,转身回天宫交差去了。因为这座山上光秃秃的,没有树木和花草,雷火还没燃烧到半山腰,就自己熄灭了。

阿里被雷火击死了,但他死后不久,这座秃山却长出了一片片的树木。人们都说,这些树木,是阿里被雷火击碎了的皮肉和头发变成的。那棵神木呢?据说就是老寿星的那根龙头拐杖所变的。

两个仙女见到这种情景,深受感动。她们合计了一下说:"阿里哥是为我俩和大伙儿而死的,他死后,皮肉、头发都变成了树木,为人们造福。我们俩就变成花草,好给阿里哥做伴,也为人们造福。"

从此以后,这座一无所有的秃山有了漫山遍野的树木和花草,树木郁郁葱葱,花草飘香。为了纪念舍己为人的阿里,这座山从此就改名为阿里山。

马头琴

(蒙古族民间故事)

马头琴是著名的蒙古族乐器之一,它伴随着蒙古族走过了1000多年的历史。为什么叫它马头琴呢?这是因为它的琴杆上头雕着一个精美的马头。那么,为什么要雕一个马头呢?

相传在很久以前,在金色的阿拉腾敖拉山麓,有一面银色的月亮湖。湖畔居住着一个勤劳勇敢、诚实善良的小牧民,名字叫苏和。

苏和和妈妈过着清贫的生活。一天,小苏和出来放牧,在山坡上做了个奇异的梦——从天上腾云驾雾飞来一个美丽的姑娘,对他说:"我知道你想得到一匹可心的马,我告诉你,北边湖畔有一匹白骏马。善良的人哟,你快去把它牵回家吧!"说完一道白光闪过,姑娘就消失得无影无踪了。

苏和从梦中惊醒,想起刚才梦里听到的话,站起来不由得向北一看,果然湖边站着一匹小白马,苏和欢快地向它跑去。从此,苏和就有了一个形影不离的伙伴。

苏和精心地喂养、调教小白马,教它走路、奔跑。很快,小白马就长成了一匹膘肥体壮、跑起来四蹄生风的骏马。

有一天,苏和到湖边放牧时,不小心踩进沼泽地的一个泉眼,并且越陷越深。

白马看见后,长嘶一声向主人跑去,咬住主人的袖子往外拖,苏和抱着白马的脖子,终于被救了出来。

有一天夜里,一只野狼冲进羊圈,苏和急忙挥棒向恶狼打去,恶狼张牙舞爪扑向苏和。

这时,白马一声长嘶挣脱缰绳,扬起前蹄向狼刨去,只听得"嗷"的一声,恶狼脑袋开了花。苏和心里一阵感激,跑过去抱着白马不知说什么才好。

又有一次,苏和在野外放牧时,远处跑来几个士兵,气喘吁吁地来到苏和跟前说:"小兄弟啊,你能不能帮我们的忙啊?王爷命令我们活捉一只梅花鹿,如果捉不到的话,我们回去就要受惩罚!"

听说他们的处境,苏和二话没说,跨上白马向山里飞驰而去,不大一会儿工夫就追上了梅花鹿,用套马杆将鹿套住了。苏和把鹿交给王府的士兵后说:"兵哥们,按你们的要求,我帮你们捉来了梅花鹿。可是我有一个要求,你们回去后,可千万别说

这只鹿是我骑白马给追到的呀!"

可是,草原上有一匹能追上飞禽走兽的白骏马的消息还是不胫而走。

王爷听说后垂涎三尺,露出了贪婪的笑容。

一开春,一则消息就在草原传开:王府驻地即将举行"那达慕"大会,各项比赛的优胜者将会得到奖赏。另外,王爷要为女儿选一个最佳的骑手做女婿。

苏和兴高采烈地去参加比赛了。

果然,苏和和白马得了第一,可王爷的女儿一看领先的是个贫穷的牧羊娃,就垂头丧气地走了。奸诈的王爷这时凶相毕露,他对来领奖的苏和说:"赏给你一只羊吧,把你的白马给王府留下。"苏和不从,家丁就擒住他拳打脚踢,然后又将他五花大绑,并把白马牵回了王府。

王爷得了白马后如获至宝,选了个好日子摆酒庆贺。当地的富豪官吏都来道喜。

王爷得意扬扬,命令家丁把白马牵来,好在众人面前炫耀一番。谁知王爷刚一跨上马背,白马就突然向前一跳,向后尥了一蹶子,王爷被吓得尖叫一声,栽倒在地,摔了个嘴啃泥。白马风驰电掣般地飞奔而去。

王府卫兵倾巢出动,跨上快马,手持弓箭,奋力追赶。可白马如箭离弦,兵丁无法追上。于是他们拉开弓箭飕飕地向白马射去,可白马依然跑得飞快,不久就没了踪影。王府兵丁只好垂头丧气地返回，向王爷禀告："白马中了数枚毒箭跑了，肯定死在路上了……"王爷只好作罢。

一天夜里，一声长长的马嘶划破了寂静的夜空。苏和急忙跑出门去一看，是白马跑回来了。

苏和又惊又喜，但借着月光仔细一看，白马身中数箭，已经奄奄一息……苏和心如刀绞。白马因箭伤过重死在了自己主人的面前。

苏和抚摸着白马，忍不住泪如泉涌。失去白马后，苏和整天无精打采、伤心欲绝。有一天，他在梦中又见到了白马，它说："主人哟，你不要伤心落泪了，你用我的皮、骨、鬃、尾做一把琴吧，让我永远陪在你身边……"

于是，苏和就按白马说的话做了一把琴，在琴杆上端按照白马的模样雕刻了一个马头，起名叫"马头琴"，并一直将它带在身边。每当想起白马，苏和就拉起马头琴，琴声悠扬婉转、柔和深厚，寄托着苏和对白马的深深思念。

猎人海力布

(蒙古族民间故事)

在蒙古草原上,流传着一个动人的民间故事。

从前有一个猎人,名叫海力布。他热心帮助别人,每次打猎回来,总是把猎物分给大家,自己只留下很少的一份。大家都非常敬重他。

有一天,海力布到深山去打猎,忽然听见天空中有喊救命的声音。他抬头一看,一只老鹰正抓着一条小白蛇从头上飞过。他急忙搭箭开弓,对准老鹰射去。

老鹰受了伤,丢下小白蛇逃了。海力布对小白蛇说:"可怜的小东西,快回家去吧!"

小白蛇说:"敬爱的猎人,您是我的救命恩人,我要报答您。我是龙王的女儿,您跟我去,我爸爸一定会重重地酬谢您的。我爸爸的宝库里有各种各样的珍宝，您要什么都可以。如果您都不喜欢，可以要我爸爸含在嘴里的宝石。您得到那颗宝石后，把它含在嘴里，就能听懂各种动物说的话。"

海力布想，珍宝他倒不在乎，但能听懂动物的话，对一个猎人来说，那简直太好了。

海力布问小白蛇："真有这样一颗宝石吗？"

小白蛇说："真的。但是动物说什么话，您只能自己知道。如果对别人说了，您就会变成一块僵硬的石头。"海力布点点头，跟着小白蛇到了龙宫。

老龙王十分感激海力布，要重重地酬谢他。老龙王把他领进宝库，让他自己挑选珍宝，爱什么就拿什么。海力布什么珍宝也不要，他对龙王说："如果您真想给我一点儿东西作纪念，请把您含着的那颗宝石送给我吧。"龙王低头想了一会儿，就把嘴里含的宝石吐出来，送给了海力布。

海力布临走的时候，小白蛇跟了出来，再三叮嘱他说："敬爱的猎人，您要记住，动物说的话，千万不要对别人说。如果说了，您就会马上变成石头，永远不能复活了！"海力布谢过小白蛇，就回家了。

海力布有了这颗宝石，打猎方便极了。他把宝石含在嘴里，就能听懂飞禽走兽的语言。哪座山上有什么动物，他全知道。

从此以后，海力布每次打猎回来，分给大家的猎物更多了。

过了几年，有一天，海力布正在深山里打猎，忽然听见一群

鸟在商量着什么。仔细一听,那只带头的鸟说:"咱们赶快飞到别处去吧!今天晚上,这里的大山要崩塌,大地要被洪水淹没,不知道要淹死多少人呢!"

海力布听到这个消息,大吃一惊。他急忙跑回来对大家说:"咱们赶快搬到别处去吧!这个地方不能住了!"大家听了很奇怪,住得好好的,为什么要搬家呢?尽管海力布焦急地催促大家,可是谁也不相信。

海力布急得掉下眼泪,说:"我可以发誓,我说的话千真万确。相信我的话吧,赶快搬走!再晚就来不及了!"

有一位老人对海力布说:"海力布,你是我们的好邻居,我们知道你从来不说谎话。可是今天你让我们搬家,你总得说清楚呀。咱们在这山下住了好几代啦,老老小小这么多人,搬家可不容易呀!"

海力布知道着急也没有用,不把为什么要搬家说清楚,大家是不会相信的。但是,如果再这样拖下去,灾难就要夺去乡亲们的生命!

要救乡亲们,就只有牺牲自己。想到这里,他镇定地对大家说:"今天晚上,这里的大山要崩塌,洪水要淹没大地。你们看,鸟都飞走了。"接着,他就把怎么得到宝石,怎么听见一群鸟商量避难,以及为什么不能把听来的消息告诉别人,都原原本本照实说了。

海力布刚刚说完,就变成了一块僵硬的石头。大家看见海力布变成了石头,都非常后悔,非常悲痛。他们含着眼泪,念着海力布的名字,扶着老人,领着孩子,赶着牛羊,搬到很远的地方。

他们走在路上,忽然乌云密布,狂风怒号,接着下起了倾盆大雨。半夜里,他们听见一声震天动地的巨响,大山崩塌了,洪水漫过河堤,把他们住的村子淹没了。

就这样,人们世世代代纪念海力布。据说,现在还能在当地找到那块叫作"海力布"的石头呢。

阿凡提的故事

（维吾尔族民间故事）

种金子

智者阿凡提听说国王非常贪心，整天搜刮老百姓的钱财，很多人都饿得没饭吃国王也不管，他决定想个办法，帮帮这些可怜的穷人。

一天，国王到野外打猎，看见阿凡提在地上不停地挖，竟然挖出好几块金子。国王看了，吃惊地问："阿凡提，你怎么从地里挖出金子来了？"

阿凡提笑着说："陛下，我这是在收金子。前几天我种了两块金子，今天就收了十块金子。"贪心的国王掏出两块金子递给他："阿凡提，你帮我也种两块吧！"

阿凡提爽快地答应了。过了几天,阿凡提告诉国王金子大丰收,并且送来了二十块金子。国王一看,真的是金光闪闪的金子,眼睛都红了。他立刻吩咐手下,把库里存着的好几箱金子都交给了阿凡提。

过了些日子,阿凡提又来到王宫,国王高兴地问:"阿凡提,你送来了几车金子?"

阿凡提看看国王,皱着眉头,要哭了:"尊敬的国王,我们的运气太差了,天气干旱,金子都被活活旱死了!这可怎么办呀?"

国王听了大怒,高声吼道:"你骗谁呢,金子还能旱死?"

阿凡提说:"既然金子能种,当然就能旱死!"国王听了,一句话也说不出来。

那些金子去了哪里呢?其实,早已被阿凡提分给穷苦的百姓了!

锦缎长袍和刺绣色兰

王宫里的一位官吏喝得酩酊大醉,躺在了大街上。阿凡提看到后,便把他的锦缎长袍和刺绣色兰解下来拿走了。

第二天,这位官吏命令他的侍从把他的锦缎长袍和刺绣色兰找回来。

有意思的是,官吏的侍从们在街上看见了穿着锦缎长袍和戴着刺绣色兰的阿凡提,就让他脱下锦缎长袍,取下刺绣色兰。阿凡提却对他们说:"我要把它们亲自归还给它们的主人。"侍从们只好把他带到了官吏面前。

"阿凡提,你是从哪儿拿的这锦缎长袍和刺绣色兰?"官吏问道。

"昨晚,有一个人喝醉酒,像一条死狗一样躺在大街上。我心想,一个违反教规的无耻之徒根本不配穿这种衣裳。于是我就把他身上的衣服解了下来。如果阁下是这锦缎长袍和刺绣色兰的主人,就请你拿去吧!"说着阿凡提就要脱衣裳。

"不,不,我根本没喝醉,我也从不喝酒,那是天大的罪过。天下一样的锦缎长袍和刺绣色兰有的是,这不是我的,谁是他的主人你就给谁吧!"那位官吏说。

国王、宰相和毛驴

一天,阿凡提在大街上逢人就讲:"我的毛驴比国王的宰相还聪明。"听了此话的宰相到国王那里告了阿凡提的状。国王听后勃然大怒,召来阿凡提质问道:"阿凡提,你为何胡言乱语污辱我的宰相?"

"尊敬的国王陛下,我并非胡言,这是事实。"阿凡提向国王施礼后说道。

"那么你拿出证据来,不然我让你下大狱!"国王恐吓说。

"国王陛下,我有证据。有一次,我的毛驴从一座木桥上走过,不慎一只蹄子陷进了桥的窟窿里,我好不容易才把驴蹄拔出来。从那以后,我的毛驴过桥时,再也不往窟窿里踩了。而您的宰相呢,他多次将他的黑手伸向国库,已经丢丑多次了。可他还不吸取教训,把黑手又一次伸进了国库。如果您的宰相有我的毛驴聪明的话,他早就不这样了。"阿凡提说道。

国王听后无言以对,便放走了阿凡提。

躲避强盗

一天,阿凡提骑着小毛驴到外地办事。由于路程太远,回来时已经是半夜了。

走着走着,突然从后面追上来一伙蒙面持刀的强盗。阿凡提赶紧拍打小毛驴,让它快点跑。

小毛驴四蹄飞扬,跑得很快,可是那伙强盗却紧追不舍,怎么也甩不掉。跑着跑着,阿凡提来到一片墓地。他赶紧把小毛驴藏到一棵矮树下,借着夜色的掩护,小毛驴很难被人发现。然后,他自己纵身一跳,躲进一个空墓穴里。

强盗们发现了阿凡提的身影,追赶了过来。几个强盗壮着胆子问:"刚才是什么人?快出来!"

阿凡提幽幽地说:"我是一个亡灵,你们怎么连一个亡灵都不让他安宁!"

那伙强盗吓坏了，正转头要跑，没想到其中有一个胆子大的继续问道："如果你是一个亡灵，刚才为什么到外面来了？"

"我在散步。"阿凡提继续用幽幽的声音回答。

"妈呀——"已经有人扔了手中的刀没命似的跑了。

"亡灵还能散步吗？"胆大的那人也有点儿心里发毛，声音开始哆嗦起来。

"我已经散步回来了，我想老老实实躺下来了。"强盗们一听，吓得再也不敢停留。他们走后，阿凡提笑呵呵地从墓穴里钻出来，骑着他的小毛驴回家去了。

长发妹

(侗族民间故事)

很久很久以前,在一个侗族人聚居的寨子里,有一个美丽的姑娘,她的头发黑黑的、亮亮的、长长的,长得都垂到脚后跟了,所以大家都叫她长发妹。

长发妹和妈妈相依为命,过着穷苦的生活。她生活的寨子很缺水,人们每天都要去很远很远的地方挑水。

这年大旱,田里的庄稼都旱死了,村民们没水喝,只好翻山越岭去挑水。

一天,长发妹挑水时看到悬崖下面有一个红萝卜,她想把这个萝卜拔回家给妈妈吃。这时,一股清泉从萝卜生长的地方冒了出来。

长发妹又累又渴,她凑近泉眼咕咚咕咚喝了个够,心想:

"这水真好喝，乡亲们终于有水喝了！"长发妹高兴极了。

忽然，天空狂风大作，一个满身长毛的妖怪出现在她面前。

妖怪恶狠狠地说："这是我的泉水，谁都不能喝！如果你胆敢告诉别人，我绝不饶过你！"说完就消失了。

长发妹闷闷不乐地下了山，愁得吃不下饭，睡不着觉，头发都愁白了。

乡亲们以为长发妹生病了，都来看望她。长发妹非常感动，就把泉水的秘密告诉了大家。

在长发妹的带领下，大家来到悬崖边，把萝卜拔了出来，用锄头把泉眼凿大，股股清泉很快汇集成小溪，流到了山下。

这下可把妖怪气坏了。

妖怪把长发妹抓到山洞里，咬牙切齿地说："我要惩罚你，让你永远浸泡在冰冷的泉水里。三天后，你自己来接受惩罚，不然我就把村寨全毁了！"

长发妹回到村里和乡亲们道别，大家难过极了。这时，从村口的大榕树下走过来一位白胡子老爷爷说："我有个办法可以试一试。"

原来，白胡子老爷爷是榕树精。榕树爷爷让村民们按照长发妹的样子连夜凿出一个石人。然后，他把长发妹的白发拔下来施了魔法，白发就牢牢长在了石人头上，从背后看简直和长发妹一模一样。

就这样，乡亲们悄悄地把石人放在泉眼下面。妖怪来到泉

边，看到泉水下有一个满头白发的人影，以为这就是长发妹，便放过了所有的村民。

从此，乡亲们过上了幸福的生活。而长发妹的头发也重新长了出来，和以前一样，又黑又长。

火把节的来历

（彝族民间故事）

很久很久以前，在一座大山脚下，住着一个大妖魔。它身长八丈，头大如斗，獠牙似尖刀，爪子有一尺多长。

这个大妖魔就住在彝族人居住的山寨，常常出来危害百姓，抢漂亮姑娘做媳妇。人们要是不从，大妖魔就让人们得一种怪病，全身腐烂，臭味熏天，痛苦极了。

彝族百姓真是恨死这个大妖魔了，做梦都想除掉它。

可妖魔法力强大，百姓们根本就不是它的对手，只好提心吊胆地过着日子。

一天，寨中头人对大伙说："乡亲们，不除掉妖魔，我们怎么能有活路？"大伙听了，异口同声地说："我们愿意和头人一起除掉大妖魔！"

于是，头人带领一帮胆大的青年，带上各种工具，悄悄地来到妖魔住的山洞。只见那妖魔眼睛睁得很大，凶恶无比。勇士们没有被吓倒，将长矛大刀使劲投向妖魔。谁知，这妖魔一点反应也没有。

原来，这家伙的皮太厚，长矛刀箭根本伤不了它。

这可怎么办？大伙你一言我一语，商量来商量去，决定点燃炸药丢在妖魔身子下面。只听轰的一声，妖魔毫发无伤，只是翻了个身，但这下可把它惹怒了。恼怒的妖魔张嘴一吸，把所有人都吸入口中，吞下了肚。

这件事很快传遍了整个村子，人们不得不逃往其他地方。原本人丁兴旺的彝乡，人烟逐渐稀少，村子破败了。

这天，不知道从哪里来了一位道长，他一只手握着斩妖剑，另一只手提着小竹篮。道长看到这村子破败不堪，问了村民，才知道原因。

道长决定帮助大伙铲除妖魔。他放下小竹篮，拔出斩妖剑，在竹篮上贴上符章，举剑念起咒语。不一会儿，天地间飞沙走石，山崩地裂，只见那妖魔哭着跑出来，一下子跪在道长的小竹篮旁，随即身体越缩越小。

道长用手捏住妖魔的身子，骂道："你这畜生，为何在此地害人？今天，你受罪的日子到了！"

说完，道长把妖魔放进小竹篮中，背到太极山下，将它囚在一个岩洞中，使它永远不能出去害人，只允许它在每年农历六月二十四日从岩洞中看一看外面的世界。

当地的彝族百姓恨透了这个大妖魔,所以当它探头往外看时,都要举着火把,撒着松香,漫山遍野地喊叫着:"烙!烙!烧死这个妖魔!"于是,成千上万的火把照亮了天地,大妖魔被吓死在洞中。

人们兴高采烈,奔走相告。后来,每年的农历六月二十四日,彝族人都会点起火把,点燃篝火,唱起山歌,庆祝妖魔的死亡。这就是火把节的由来。

阿诗玛

(彝族民间故事)

从前,在云南的小石林一带住着一个美丽聪颖的姑娘,名叫阿诗玛。阿诗玛有一个很要好的邻居,叫阿黑。

阿诗玛不仅长得好,也很会唱歌,她的声音好像百灵鸟的声音一样婉转动听,跳舞时身体像蝴蝶一样轻盈。周围有许多小伙子都非常喜欢阿诗玛,可在阿诗玛的心里只有阿黑,她只爱阿黑。

这一天,阿诗玛的父母把他们两人叫到一起,要他们找到神的礼物送给对方,否则就不能成亲。于是,阿诗玛和阿黑只好去找神的礼物。

当阿诗玛爬上山时,见到一只受伤的小白兔,她赶紧跑过去。谁知,小白兔突然说话了:"谢谢你,阿诗玛。我被人射伤了,你可不可以送我回家?"阿诗玛有点为难,她担心如果送小白兔回家的话，就没有时间去寻找礼物了。但阿诗玛还是觉得应该先送小白兔回家，于是抱起小白兔飞快地出发了。

天黑的时候，阿诗玛来到了小白兔的家。这时小白兔竟变成了一个猎人，他把身上的那支箭拔下来递给阿诗玛，说："这就是神送给你的订婚礼物，祝你们幸福！"阿诗玛非常高兴，拿起箭就往家里走去。

阿黑也在山上找神的礼物，可是一无所获。他急得坐在地上哭了，他的眼泪落在身边的一朵山茶花上，这山茶花却突然变成了一个老婆婆。老婆婆对阿黑说："小伙子，不要哭了，我知道你很想要神的礼物，我送给你。但你明天要坐船到河的那边，替我找鞋子。"阿黑立马答应了。老婆婆给了阿黑一朵白色的山茶花。

第二天，阿诗玛和阿黑交换了礼物，顺利地定了亲。

阿黑把老婆婆的事告诉了阿诗玛，就带着阿诗玛给他的神箭走了。谁知阿黑刚走，地主的儿子阿支来到阿诗玛家，要抢走阿诗玛。阿诗玛使劲挣扎，这时，阿黑给阿诗玛的山茶花掉了下来。山茶花马上变成了一只白蝴蝶，飞着去追阿黑。蝴蝶对阿黑说："你快回去吧，地主的儿子把阿诗玛抓走了。"

正巧，阿黑已经找到了鞋子。

这时，老婆婆又出现了，她对阿黑说："你是一个讲信用的人，这只鞋子送给你。穿上它，快点去救阿诗玛。"

阿黑穿上鞋后，马上飞了起来，很快就到了地主家。见地主

的儿子正在欺负阿诗玛，阿黑拿出阿诗玛送给他的神箭，射死了阿支，拉起阿诗玛就飞走了。

地主见儿子被杀，非常生气，他用钱收买了崖神，让阿黑在飞过悬崖时，掉到悬崖下的湖里淹死了。

阿黑在落水前，把阿诗玛安放在悬崖边上。阿诗玛看见阿黑摔到悬崖下面，十分悲痛。她爬下悬崖，在那个湖边等呀等，希望阿黑能回来。可阿黑始终没有上来，阿诗玛呢，也变成了一尊石像，永远地凝视着湖水。

干海子

(羌族民间故事)

在岷江河畔的高山上,有一个住着几十户羌民的村寨,叫布南村。在村东有一个约八九里长的干池,老人们都叫它"干海子"。

这海子为啥干了呢?相传在很久以前,寨子里住着一个姓陈的羌族老大娘。她没田没地,只能靠租地维持生活。虽然老大娘起早贪黑地劳动,但到头来还是吃不饱,穿不暖。

老大娘劳碌了一辈子,也没有攒下什么东西,只养了一对儿女。

女儿名叫阿达因吉,是个勤劳、聪明、漂亮的姑娘。阿达因吉十岁那年,因为家里交不起地租,阿妈只得叫她给有钱人放羊。

在阿达因吉放羊的山上,有一个海子,她每天回家时,总要把羊群赶到海子边喝水,然后就唱起山歌吆喝着羊回家。

一年、两年过去了，她学会了搓麻线、纺羊毛。

又过了几年，阿达因吉长成了大姑娘，有钱人的羊群也由小群变成了大群，可是阿达因吉家照样穷得叮当响。

一天，阿达因吉又像往常一样上山放羊。她把羊群赶到草坡上，自己在离海子不远的石包上坐着搓羊毛。

不一会儿，不知从哪里飞来一只红蜂，绕在她耳边不停地叫，她就用毛线杆赶走了红蜂。过了一会儿，红蜂又飞来了，还是不停地叫。阿达因吉仔细一听，红蜂好像在说："阿达因吉，背！背！我背你走。"

阿达因吉惊奇地想，为啥蜂能说话呢？红蜂就这样不停地叫着，直到太阳偏西都还在叫。

阿达因吉觉得好玩，就满不在乎地说："你一个小小的蜂儿，咋能背得起人嘛！"忽然，红蜂不见了，她也没在意，就赶着羊回家了。

第二天，她照样上山放羊，又像往常那样坐在石包上搓羊毛。太阳刚把露水晒干，红蜂又在她周围盘旋，仍然像之前一样叫个不停。

阿达因吉好奇地说："小小的蜂儿，你咋个背得起我呢？"太阳偏西时，她仍然把羊吆喝到海子边，等羊饮够了水，才默默地赶羊回家。

晚饭后，阿妈坐下搓麻线，阿达因吉把白天遇到红蜂的事向阿妈说了后，问："阿妈，这到底是怎么回事呢？"

"你这不是说疯话吗,蜂怎么能背得起你呢?明天它再喊,你就叫它背嘛!看它能不能背你。"阿妈不相信地说。

第二天清早,阿达因吉赶着羊边走边想:"阿妈说得对,就叫它背吧!看它咋个背法。"可是又一想:"若是真的背去了,阿妈又到哪里去找我呢?"她想了半天,想出了一个办法。

她把羊赶到草坡上,自己又坐在石包上搓羊毛。不多时,红蜂又飞来了,还是在她的头上不停地叫着:"阿达因吉,背!背!我背你走。"

阿达因吉把毛线杆放在石头上,将线头牢牢地系在腰带上,然后说:"你要背就背吧。看你把我背到哪里去!"

"你闭上眼睛嘛!我背你。"红蜂说。

阿达因吉把眼睛一闭,红蜂立刻变成了一个漂漂亮亮的小伙子,把她背走了。

当天晚上,羊群回来了,阿达因吉却没有回家。阿妈着急了,才想起昨晚阿达因吉讲的红蜂的事情。

第二天东方刚发白,阿妈上了山。她找到了那块被阿达因吉坐光了的石包,只见上面放着毛线杆,毛线牵往海子那边。她顺着毛线的方向走,走呀走,到了海子边,毛线落进海子里了。阿妈哭了,她望着湖水哭呀哭,直哭得太阳只剩一梭子高,才失望地回家了。

日子一天天过去,阿妈因为思念女儿,终于病倒了。一天夜里,阿妈正昏迷不醒的时候,忽然觉得女儿来到了身边。

女儿一字一句地说:"阿妈不要愁,我没有死,我已是龙王的妻子了。今后你们需要天晴或下雨,我都能满足。我也会常来看望你们的。"

阿妈醒来,出了一身汗,睁眼一看,只有儿子一人守护在身边,才知道是做梦。

可是,从此阿妈的病却渐渐好了。

阿达因吉当了龙王的妻子,时常关心乡亲们。她坐在那石包上,望着布南村、龙溪寨、大门寨……如果天要下雨了,她就高声吼道:"喂,晒的东西收得了,要下雨啦!"这样,各村各寨的羌民就把粮食、衣服等东西都收好。每当羌民需要雨,就到海子边请求,很快就会下起大雨来。

这年腊月初八,阿妈的儿子要娶亲。为了给弟弟贺喜,阿达因吉回来了。她随身带着一个红匣子,吃饭时放在怀里,平时就放在神龛上。

这天中午,有钱人也来了。

有钱人趁大家去看新媳妇的时候,偷偷地拿走了红匣。他以为红匣里装的一定是珍宝,可是当他抽开盖子一看,却吓得魂不附体,原来匣子里装的是像蛇一样的一对龙儿。他刚把盖抽了一半,龙儿就往外爬。有钱人手忙脚乱,猛力合上盖,可怜的小龙儿一下被夹死了。

见闯了大祸,有钱人忙把红匣放回原处,悄悄地溜走了。

阿达因吉吃饭时把红匣放在怀里,是在给龙儿喂奶。晚饭时，她照常把红匣子放进怀内，抽开盖，却没有动静。取出来一看，她立刻气晕过去。

来吃喜酒的亲戚朋友见龙儿死了，都悲痛万分。

阿达因吉醒来后，泪流满面地对阿妈和弟弟说："阿妈，弟弟，我要离开你们啦！过三天，你们到海子边来看我。若湖水是清的，我还好好地活着；若湖水是浑的，我正在受折磨；倘若湖水变红了，我已经死了。"话刚说完，阿达因吉就不见了。

三天之后，母子俩来到海子边。他们看到湖水清清，相视笑了。不多时，湖水变浑了，阿妈流下了眼泪。又过了一会儿，湖水突然变红了。

阿妈和弟弟放声大哭，哭得天昏地暗，哭得大雨倾盆。据说，自从阿达因吉离别了人间，龙王就迁到一个叫黑麦寨的海子里去了。海子里的水就逐渐干了。

但是，布南村的羌民和村村寨寨的人们，世世代代都记着这位羌族好姑娘。每逢天旱时节，人们照常去干海子求雨。每次求雨时，大伙儿一定要请陈家（阿达因吉家族后代）的老年人一同前往。

每次，他们在干海子敲锣打鼓，烧香、杀羊，祈求降雨。求雨归来，人们戴满山花野草，扎起草龙，边跳边唱。这时，村村寨寨的人们就会听见"阿达因吉……"的歌声。

即使没有雨，每家每户也会在房顶上预备几桶水，当求雨的人经过房下时就往他们头上泼，淋得个个像落汤鸡一样，还唱着"阿达因吉……"

干海子

狼、狐狸和兔子

（撒拉族民间故事）

狼、狐狸和兔子偶然相遇，它们各自都感觉找到了知己，就结为朋友。它们商议着一同去打劫财物。它们走着走着，看见对面山上，一个挑担子的货郎哥摇摇晃晃走过来了。

这时，聪明的兔子建议，狼和狐狸躲起来，由它先把货郎哥骗到远处。然后狼和狐狸挑走担子，最后它们三个到狼洞会合。

狼和狐狸点头同意，就躲了起来。等货郎哥过来时，兔子轻轻跳出来，用最婉转的嗓音唱道：

　　漫山遍野舞动的，
　　那是花儿吗，
　　还是玩耍的小姑娘？

山涧里响着的,
那是泉水吗,
还是孩子们在鼓掌?
草丛里钻出又飞去的,
那是野鸡吗,
还是一道彩虹?
啊,啊,货郎啊,
告诉我吧,货郎!

兔子唱完,两只前腿向空中伸了伸,好像在说:"快说吧,货郎!"货郎哥听了,确实很惊疑,因为这声音太动人了,尤其出自兔子之口,这简直就是天底下一大奇事。

货郎哥卸下担子,就朝兔子奔去。

兔子见他快要走近了,就匆忙逃走。看见货郎哥停下了,它就又用前腿向空中伸了伸,好像在说:"你跑得再快一些,就可以抓到我了。"

货郎哥脑子里只有兔子,不顾一切地朝兔子追去。可是他追得快,兔子逃得更快。就这样,货郎哥和兔子追追赶赶地不知不觉跑了很远。

最后,货郎哥追到一个很远的山沟里,就再也寻不见兔子了。

货郎哥气呼呼地跑回原处一看,担子不见了!兔子没追上,还把担子弄丢了,这可咋办?

货郎哥四处找，怎么也没有找到。原来，兔子把货郎哥骗走后，狐狸挑上了担子，和狼一块往狼洞里去了。

到了狼洞，狐狸蛊惑狼，说："狼大哥！这担子是我挑来的，可是你是我们的大哥，应该给你一半东西。"

狼听出狐狸的意思，是想叫自己和它合谋，霸占了这些东西。不分东西给兔子，狼当然愿意。

不过呢，狼真正想的是独占这些财物，它正愁找不到借口呢。听了狐狸的话，它立马有了主意。

狼把脸一沉，骂道："哈哈，好一个狡猾的狐狸！我们三个是最好的朋友，你倒说出这样的话来，我今天要是不把你除掉，日后，你必然还会惹是生非。"说完，它就扑上去，把狐狸给吃掉了。

兔子回来一看，狐狸被狼吃掉了，非常害怕。

兔子忙上前恭维说："狼大哥，我能和你交朋友，真是太荣幸了。因为从古至今，谁也没有听说过兔子能和尊贵的狼交朋友，所以呢，我愿意把这担子里的全部财物献给您，作为我的一点儿心意。"原本，狼也想借口吃掉兔子，可听兔子这么一说，只好打消了这个念头。

狼有些疲乏，就叫兔子看守东西，自己去睡觉。兔子呢，悄悄打开了担子，发现里面有一包白糖，一下子来了主意。兔子暗暗把糖藏起来，挤着一只眼睛，喊叫起来："啊呀！太好吃了，太好吃了！"

正在睡觉的狼被吵醒了,生气地瞧着兔子:"不守规矩的东西,你在喊什么?"

兔子用最柔和的腔调说:"我只知道世上吃的东西,甜不过果子,可不知世上最甜的却是自己的眼睛。我吃了一颗,满嘴都是甜的,满身都是甜的,甜得心都怦怦跳起来了。这么好的发现,我怎么能不告诉尊贵的狼大哥呢?要是狼大哥吃上自己的眼睛,一定也会享受到这种福气。"

狼听了这些话,因为睡意还未退,迷迷糊糊地信以为真了,连忙叫兔子帮着挖掉自己的眼睛。

兔子眼尖爪快,迅速地用双爪将狼的双眼挖出,然后在眼珠里塞了一些白糖,递给狼吃。

狼吃了觉得果然甜,连声称赞。可狼没有了眼睛,什么也看不见,就问兔子怎么办。

兔子笑道:"这好办,你跟我走,喝点儿泉水,眼睛就会复明。"狼只好跟兔子走到了万丈高的悬崖上。

这时,兔子对狼说:"狼大哥呀!你看前面的泉水多清呀!再往前走几步就是泉水,快喝吧!"双目失明的狼哪知道是诡计,向前一迈,就跌入山涧摔死了。

狼死后,兔子指着山涧骂道:"贪婪的狼呀,想不到吧,你想独占这些财物吗?告诉你,这些财物是我兔子的,现在还是让我享受吧!"

骂完狼后,兔子就回到狼洞打开担子,翻看里面的东西。它

一边翻着、看着,一边唱着:

狡猾的狐狸呀!
你来看看吧,
贪婪的恶狼呀!
你也瞧瞧吧,
这串手镯正散发着银光。
啊,啊,你们快来看吧,
这又是一包雪一般的白糖,
太好了,太好了,
这是"胡大"给我的犒赏。

得意忘形的兔子发现一包白色的毒药,误认为是白糖,顺手抓了一把,放进嘴里吞了下去。不一会儿,毒药发作,兔子就在惨叫声中死去了。

结果,贪婪的恶狼、狡猾的狐狸和阴险的兔子,谁也没有享受到这些东西。

第二天,货郎找到了狼洞,就把担子挑走了。另外,他还得到了一张狐皮和一张兔皮。

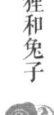